Пьеса

Ju 18e

Ex. Nouny

LA VÉRITABLE
MAGIE NOIRE,
OU LE
SECRET DES SECRETS.

Manuscrit trouvé à Jérusalem,
dans le sépulcre de Salomon.

CONTENANT:

1.° Quarante-cinq Talismans avec leurs Gravures, ainsi que la manière de s'en servir, et leurs merveilleuses propriétés ;

2.° Tous les Caractères Magiques connus jusqu'à ce jour,

TRADUIT de l'Hébreu, du Mage
IROÉ-GREGO.

À ROME.

L'an de grace, 1750.

PRÉAMBULE.

Souviens-toi, mon fils, *Roboam*, que lorsque moi, *Salomon*, j'ai reçu de DIEU, la Sagesse et la connaissance de toutes choses. Lors (répondit Roboam) d'où vient que je n'ai pas le même mérite que Salomon, mon père qui a eu la science de toutes choses créées, par l'Ange de *Dieu* ; Salomon répondit : écoute ma voix, mon fils, tu entendras de belles choses ; « une nuit, m'allant coucher, ruminant au Saint Nom de *Dieu*, je demandai l'infaillible connaissance de toutes choses ; alors l'Ange de *Dieu* m'apparut, et me dit : «Salomon, ta

A

prière n'a pas été vaine auprès de Dieu ; et, d'autant que tu n'as pas demandé à vivre longues années, beaucoup de richesses, ni la ruine de tes ennemis, mais l'intelligence pour faire un bon jugement, c'est pourquoi le Seigneur t'a donné un cœur sage et tant d'intelligence qu'il n'y en a jamais eu, ni n'aura de semblable après toi. Conservant cette parole, et voyant que j'avais toutes les sciences et connaissances de toutes les créatures et choses célestes, de manière que je connais que toutes les sciences sont vaines, et comme il n'y a aucun art parfait et constant, j'ai composé un certain et véritable ouvrage, que j'ai intitulé : *LES SECRETS DES SECRETS*, dans lequel j'ai caché et enfermé tous les secrets de l'art magique, sans lequel on ne peut acquérir ni remplir aucune de ces sciences. J'ai encore décrit cette Clavicule, parce que, comme celle-là ouvre le trésor, celle ci ouvre la science et l'intelligence des arts magiques. Vois donc, ô mon fils ! et profite de mes travaux, et que toutes les choses soient préparées comme il faut. C'est pourquoi, ô mon fils ! je te commande par la bénédiction que tu attends de moi, que tu fasses faire une cassette d'ébène, dans laquelle tu mettras ma Clavicule ; et lorsque je passerai de cette vie à l'autre, tu la feras mettre dans mon sépulcre, afin qu'elle ne puisse jamais parvenir dans

les mains de l'iniquité ; ce qui fut fait,
comme Salomon l'avait ordonné. Enfin
ayant été long-tems ensevelie, quelques
Philosophes de Babylône firent renou-
veller le sépulcre pour l'embellir, et
comme l'on creusait, cette cassette fut
trouvée, laquelle fut prise et ouverte par
les philosophes ; mais pas un d'eux n'y
pouvait rien comprendre, à cause de son
obscurité, à l'exception d'un d'entr'eux,
nommé *Iroë Grego*, qui se mit en prière
et demanda à *Dieu*, la larme à l'œil, qu'il
lui plût accorder la grace de parvenir à
cette science, afin qu'étant favorisé de
son assistance, il devienne digne d'en-
tendre cette science et les secrets de cette
Clavicule. Sur-le-champ, l'Ange du Sei-

gneur lui apparut et lui dit : « ne t'éton-
nes point si les secrets de Salomon sont
ainsi cachés, car le Seigneur a voulu que
cette science ne tombât jamais dans les
mains de l'iniquité et de l'impureté,
ainsi promets-moi de ne révéler jamais
à aucune créature vivante, ce que je te
montrerai, et le sache retenir, sinon les
secrets seront profanés et n'auront aucun
effet. » Ce qu'Iroë promit ; aussitôt l'ange
de *Dieu* disparut, en lui disant : « vas et
lis la Clavicule ; les paroles que tu trou-
vais si obscures te seront révélées et ma-
nifestées. Iroë resta avec une grande joie,
voyant que c'était l'ange du Seigneur :
puis en voyant l'ouvrage, il le trouva si
changé, que facilement il aurait pu être

connu de tous, et comme Iroë entrevit
que cet ouvrage pourrait tomber entre
les mains des iniques et des ignorans, il
dit : « je conjure tous ceux, entre les
mains desquels tomberont ces secrets,
par la puissance de *Dieu* et sa sagesse,
que ce trésor ne tombe point entre les
mains des iniques, et ne se manifeste à
qui n'est pas sage et n'a point de crainte
de *Dieu* : ce faisant, je te prie qu'ils n'y
puissent jamais parvenir. »

Iroë resserra la Clavicule dans la cassette d'ébène. Les paroles de cette clavicule, sont ainsi qu'on le verra ci-après,
écrites en deux livres et déclarées par
ordre.

LIVRE PREMIER.

CHAPITRE I.er
De l'amour de DIEU.

L'AMOUR DIVIN doit précéder l'acqui-
sition de la science de *Salomon*, fils du
roi *David*, lequel a dit : le principe de
ma science et la clef, c'est la crainte de
Dieu, de lui rendre honneur, de l'ado-
rer avec grande contrition de cœur et dévotion, et l'invoquer en toutes choses
que nous voulons faire et espérer, ce
faisant, Dieu nous conduira dans le bon
chemin. Quand donc tu voudras apprendre la science des arts magiques, il faut
préparer l'ordre des lunaisons, des jours
et des heures, sans l'observation desquels
rien ne se pourra faire. Mais si tu les observe diligemment, tu pourras avec facilité venir à l'effet desiré.

CHAPITRE 11ᵉ.

De l'heure et vertus des planettes.

LA table des heures et planettes, est
ci-après, à laquelle il faut avoir recours.
Les heures entre la nuit et le jour, sont
de vingt-quatre, et chacune heure a
une planette qui la domine, le premier
est *Solday*, c'est-à-dire, ♄, le second
c'est *Zedex*, c'est-à-dire, ♃, le troisieme
est *Madime*, c'est-à-dire, ♂, le qua-
trieme est *Zemen*, qui est le ☉, le cin-
quième est *Hogos*, c'est-à-dire, ♀,
le sixième *Cocao*, qui est ☿, le septième
est *Zeveac*, qui est ☽; et pour la plus
grande facilité :

Solday,   ou   ♄   est Samedi,
Zedex,   ♃   est Jeudi,
Madime,   ♂   est Mardi,

Zemen,	☼	est Dimanche,
Hogos,	♀	est Vendredi,
Cocao,	☿	est Mercredi,
Zeveac,	☽	est Lundi.

Tous les jours ne sont point égaux, c'est en quoi les heures des planettes ne sont point égales non plus ; et si vous voulez savoir combien de minutes fait une heure de planette, il faut faire ainsi lorsque le jour est de quinze heures, il faut multiplier lesdites heures par cinq, c'est-à-dire, que cinq fois quinze font soixante-quinze, et autant de minutes, fera l'heure de la planette de ce jour. Les heures de la nuit qui sont neuf, se multiplient par cinq, cinq fois neuf, valent quarante cinq et autant de minutes, fera l'heure de la planette de nuit, et tu feras ainsi de la même manière en toutes les saisons de l'année.

Les heures de Saturne ♄ , Mars ♂ et Venus ♀ , sont bonnes pour parler aux esprits : celle de ☿ pour trouver les choses dérobées avec les esprits : celle de ♄ pour appeler les ames de l'enfer, savoir de ceux qui sont morts de mort naturelle ; l'heure de ♂ , pour appeller l'ame de ceux qui ont été tués , et pour lors on doit aussi joindre le jour comme dans la suivante expérience.

Pour appeller l'ame de quelques morts, faites l'expérience dans l'heure de ♄ le mieux que tu pourras et toujours l'expérience se vérifiera , et si tu observes toutes les choses qui sont dans ces chapitres, avec bien de la diligence, tu parviendras à la chose désirée ; mais au contraire, si tu manques à la moindre chose de tout ceci , jamais tu ne pourras parvenir à la moindre perfection d'aucunes.

Les heures de ♄ sont propres à préparer comme de ♂, dans leurs jours
dans lesquels ils se conjoignent avec la
☽, ou bien avec les mêmes. Et si tu as le
regard de contraire ou de quadrat, elles
sont bonnes pour faire les expériences
de haines, de procès, inimitiés et discordes, ajoutant de plus les choses que nous
dirons ci-après sur semblables matières.

Les heures du ☉, de Jupiter ♃ et de ♀,
spécialement l'heure de leur planette,
sont bonnes à éprouver toutes les expériences, tant ordinaires qu'extraordinaires, lesquelles ne sont point comprises
dans aucun genre ci-dessus marqué, joignant celles que nous dirons dans leur
propre chapitre, comme celles qui
appartiennent à la ☽, sont propres à la
convocation des esprits, des ouvrages
nécromanciens, comme pour trouver
les choses dérobées, en prenant garde

que la ☽ soit colloquée et en signe terrestre, c'est-à-dire, de Mercure ☿, pour
l'amour, graces et invisibilité ; la ☽ doit
être en signe de feu ♈ ♌ ♐, pour la
haine et discorde ; la lune doit être en
signe aquatique ♒ ♓, pour les expériences extraordinaires ; la lune doit être dans
les signes d'air, ♊ ♎ ♒, après
la conjonction et sortie du ☉ et de ses
rayons, et aussitôt qu'elle commence
à paraître ; mais si l'observation des choses ci-dessus te paraît si difficile, fais seulement ceci : observes la ☽ croissante
jusqu'à son complément, qu'elle est au
nombre pair avec le ☉ ; elle est très-
bonne pour faire les choses ci-dessus.
La ☽ étant opposée au ☉ et pleine de
lumière, est bonne pour faire les expériences de guerre, bruits et discordes, et
quand elle est à son dernier quartier, elle
est bonne pour faire les choses directes

qui

qui sont à la destruction et ruine. La ☽ tenant de nouveau à la convention ou recevant ses derniers rayons, est bonne pour faire l'expérience de la mort, parce que, dans ce tems-là, elle est privée de lumière.

De plus, observez inviolablement que la ☽ étant conjointe avec le ☉, rien ne doit être commencé, parce que ce tems-là est très-malheureux et que rien ne peut réussir. Mais que la ☽ étant au croissant et aiguë de lumière, tu pourras écrire, opérer et préparer toutes les expériences que tu voudras faire, principalement pour parler aux esprits, il faut que ce soit le jour de ♀ et dans son heure, la ☽ étant au signe terrestre ou aérée comme il a été dit ci-dessus, et en pareil nombre avec le ☉.

CHAPITRE IIIᵉ.

En quels tems les Arts se doivent accomplir et perfectionner, lorsqu'ils seront préparés.

Dans le chapitre ci-dessus, il a été traité des jours et heures, maintenant et spécialement, lorsque toutes les choses seront préparées et ordonnées, nous dirons en quels jour et heure elles se doivent perfectionner, s'il arrive donc que tu ayes quelqu'expérience pour parler avec les esprits, ou les conjurer; quoiqu'elle ne soit notée d'aucuns jour et heure, tu opéreras dans les jour et heure de ☿, et l'heure sera la première ou la huitième, quoique cela, il vaudrait mieux dans la quinzième ou vingt-deuxième de la même nuit, laquelle on appelle avant-matin, lors en cette heure-là tu pourras expérimenter tous les arts et expériences du même genre comme ci dessus, soit pour le jour ou la nuit, pourvu que les choses soient préparées à l'heure désignée au Chapitre deux ci-dessus, pour de semblables expériences.

Mais quant aux expériences particulières, principalement pour appeler les esprits, l'heure et le tems de la conjuration ne se spécifient pas; le plus sûr est de la faire de nuit, parce que les esprits viennent plus facilement dans le silence qui règne la nuit, pourtant on doit observer inviolablement que certaine qualité de jour est bonne pour appeler les esprits. Mais l'endroit principal et important pour le faire, c'est un lieu obscur, congru à semblable art, où personne n'habite, comme il sera dit plus au long dans son lieu, ainsi on pourra accomplir tel art et le conduire à effet.

Mais si tel art et expérience sont pour avoir la connaissance d'un vol, qu'il soit fait d'une manière quelconque, alors si les choses sont préparées ou ordonnées, on doit les faire en l'heure de la ☽ et de son jour, s'il est possible, en ☽ croissante, depuis la première heure du jour jusqu'à la huitième du même jour, ou bien à dix heures de nuit, mais il est mieux de jour que de nuit, parce que la lumière a plus de rapport au desir, et elle favorise l'inclination et la volonté de faire voir les choses desirées.

Mais si ce sont choses et expériences d'amour, de grace et impétrations, tu opéreras de jour et heure du ☉, et ♀, à savoir depuis la première jusqu'à la huitième, pourvû que les choses soient préparées et ordonnées selon les jour et heure convenants à cette expérience et de la manière qu'elle se puisse faire.

Les œuvres de la destruction, haine et désolation se doivent faire dans le jour et heure de ♄ , depuis la première heure ou huitième de la nuit, la quinzième ou vingt-deuxième, et ainsi elles seront véritables.

Mais les expériences burlesques et joyeuses se font dans la première heure de ♀ et de la huitième du jour, et pour la nuit la quinzième et vingt-deuxième.

Les expériences extraordinaires, de quelque nature qu'elles soient, doivent être préparées et accomplies dans les première et huitième heures de ♃ et de la quinzième et de la vingt-deuxième de toutes les autres heures dans lesquelles

B 3

les arts magiques doivent être accomplis ou expérimentés.

Il est nécessaire que la ☽ soit de lumière claire et pareil nombre avec le ☉; sous les rayons du soleil, c'est meilleur depuis le premier quartier jusqu'à ce qu'il soit à l'opposition, ainsi la ☽ étant en signe de feu et spécialement en ♋ ♌ ♍ ♎.

Pour l'exécution des expériences du vol, de quelque manière qu'elle se fasse, elle doit être perfectionnée quand la lune ☽ est manifestée et illuminée mais afin que les expériences soient découvertes de l'invisibilité, les choses étant toutes préparées, que la ☽ soit en ♓ à l'heure dans laquelle elle se perfectionne.

Les expériences d'amour et de grace de quelle condition qu'elles soient, pourvu que la ☽ soit comme dessus, en ♓, et que les choses soient préparées dans les heures compétentes, prenant garde que la ☽ soit dans le croissant, et encore plus qu'elle soit dans la Vierge.

Il faut opérer seulement avec grande foi, en toutes les œuvres magiques, car elles ont si grande vertu, qu'elles suppléent souvent au défaut de ceux qui ont accoutumé de tomber dans les ouvrages, sur-tout l'observation des heures et planettes est de très-grande conséquence si vous voulez réussir : il est aussi de très-grande conséquence de choisir un tems clair, quiet et sans vents, parce que les esprits, qui n'ont ni peau, ni chair, ni os, ni corps, sont forcés de se faire un corps de l'air circonfus, et qui soit visible, lequel ne se peut parfaitement faire lorsque l'air est impur et agité.

Il est vrai que les anges ont été créés par Dieu, de diverses natures, les uns ayant été de beautés et de froid, les autres de mouvement et de feu, et les autres de vents : ceux qui ont été faits de vents, apparaissent avec grande vîtesse, ressemblants aux vents : ceux qui ont été créés de beauté, apparaissent en belle forme : ceux qui ont été créés de mouvement et de feu, viendront avec grande impétuosité, mouvement de terre et en forme de feu, de manière que la présence de chacun ressemblera aux flammes de feu, et quand tu appelleras les esprits créés de l'eau, ils viendront avec une grande pluie, tonnerres et choses semblables, et lorsque ce sera les esprits créés de l'air ils viendront en espèce de vents doux.

Nota. Tu ne dois avoir aucune crainte de ces sortes d'esprits, dans l'appel que tu en feras, parce que la crainte chasse

la Foi, et la Foi blessée empêche la réus-
site des choses qni seront dites ci-après.
Ce faisant, tu viendras à bout de quel-
esprit que ce soit, et de quelle condition
ou élément, il t'obéira infailliblement;
de plus tu dois observer que les esprits
des élémens se doivent appeler dans un
tems clair, serain, doux et tranquille. Les
esprits souterrains, dans un tems nocturne ou bien dans un jour nébuleu x
depuis midi jusqu'au coucher du soleil;
les esprits ignées habitent en Orient, les
aquatiques dans le midi, les bruyans
dans le septentrion : et sur-tout prends
garde qu'il faut toujours, pour plus
grande sûreté, faire l'épreuve le visage
tourné du côté où l'esprit habite : que
si l'on invoque les esprits créés de feu,
on doit être tourné du côté d'Orient, en
faisant toutes les choses nécessaires pour
ce côté, et ainsi des autres esprits, dans

les différentes parties du monde. Les expériences extraordinaires, savoir : celles d'amour, de grace et d'impétration seront plus efficaces, étant préparées du côté du Septentrion ; de plus tu dois observer que toutes les fois que tu feras une expérience, sans l'heure ou bien la solennité prescrites, tu ne feras rien. Mais si tu prépares et accomplis les choses directement, tu en recevras l'effet, et si elles ne se succèdent pas, apprends que l'expérience sera fausse ou que tu auras manqué à quelque chose. Alors, pour l'accomplir, il faut la refaire de nouveau, et tu dois savoir de combien de chapitres elle dépend, et que la clef de tous les arts dépend de son intelligence, sans quoi tu ne feras jamais rien.

CHAPITRE IVe

De tous les instrumens nécessaires à l'art.

De l'Art magique, plusieurs instrumens sont nécessaires, comme l'épée, le bâton, verge, lancette, arctave ou crochet, bolline, aiguille, poignard, couteau avec un manche noir, et un autre avec un manche blanc, pour faire le cercle, et autres choses sur lesquels doivent être gravés dessus les caractères sacrés et plusieurs autres choses, dont il est nécessaire de faire principalement la forme de l'instrument appelé Bolline, dans le jour et heure de ♃, en prenant un peu d'acier neuf qui n'ait pas été mis en usage : tu le mettras dans le feu par trois fois, et l'éteindras dans le sang de taupe avec le suc de pimprenelle,

et que ce soit dans le tems que la ☽
est pleine de lumière ou de cours, tu y
feras mettre un manche de corne dans la
même heure et jour de ♃, et qui
doit être taillé avec une épée neuve faite
trois fois dans le feu, comme il est dit
ci-dessus, et quand il sera fait et perfec-
tionné, tu diras cette oraison ou conju-
tion : « Je te conjure, ô forme d'instrument, de par Dieu, le Père tout-Puissant,
par la vertu des Cieux et des étoiles, et
par la vertu des anges, par la vertu des
élémens, par celle des pierres, herbes
et aussi par la vertu des neiges grandines
et vents, qu'en toi tu reçoives la vertu
que tu puisses arriver à faire toutes ces
choses pour la perfection desquelles
nous sommes, pour mettre en ouvrage
sans fourberie, ni fausseté, ni tromperie,
de par Dieu, le Créateur des siècles et
Empereur des Anges. Amen.

Après

Après tu diras sur l'instrument les salutations suivantes : *Domine , Deus meus, speravi in te ; confitebor tibi , Domine , in toto corde meo ; Quemadmodùm desiderat cervus ad fontes aquarum,* etc. Après on doit joindre les paroles suivantes : *Damahii , Lumech . Gadal , Pancia , Veloas , Meorod , Lanudoch , Baldach , Anerethon , Mitraton , Angeli piissimi ,* soyez gardiens de cet instrument, parce que je m'en servirai à plusieurs choses nécessaires. Tu le mettras ensuite dans un drap neuf de soie rouge, en faisant la suffumigation avec les parfums odoriférans, comme nous dirons ci-après. Prends garde de ne pas rachever de perfectionner ledit instrument que dans le jour de ♀, et son heure de la manière susdite ; dans le même jour, on pourra faire l'aiguille et semblables instrumens.

C

Après, dans le jour de ♂, la ☽ étant
au signe du Capricorne ou bien dans la
Vierge, s'il est possible, tu feras l'épée
et la trempe dans le sang de taupe et suc
de pimprenelle et que la ☽ soit dans un
tems aigu de cours et de lumière, en
commençant depuis la première heure
de ♂, et finiras à la neuvième heure du
même jour; tu y feras mettre un manche blanc coupé d'un bout avec une épée
ou couteau neuf, dans lequel manche
tu graveras ces caractères :

Puis tu le suffumigeras avec les susdits
parfums, et, avec l'épée, fais toutes les
choses nécessaires à l'art, excepté le cercle : si telle épée t'était difficile à faire en
la manière susdite, tâche d'avoir une
épée de la forme prédite et déjà faite,

alors tu l'éteindras dans du sang et du suc, comme il est dit plus haut, tu y feras mettre aussi le manche avec les caractères; et dessus la lame, en commençant depuis la pointe jusqu'au manche, écris avec une plume d'oie mâle, ces paroles : *Agla, On*, parfumes-la comme devant ou comme nous dirons ci-après, tu l'aspergeras ensuite avec l'eau exorcisée et la mettras dans le drap de soie ci-dessus.

Il faut faire l'autre avec le manche noir pour faire le cercle et épouvanter les esprits ainsi que pour exercer autres choses semblables : ce qui doit être fait en tout et partout, comme l'autre, excepté les jour et heure qui doivent être de ♄, elle doit être trempée et éteinte dans du sang de chat et jus de ciguë avec le manche de corne de mouton, tu formeras de la même façon le poignard ou

C 2

stilet ainsi que la lancette dans l'heure et le jour de ♀ et s'éteint dans le sang de taupe et suc de mercurielle, tu y mettras un manche de corne taillé avec une épée neuve, dans le jour et heure de ♀, sur ledit manche **tu** écriras ces caractères :

8 Ɂ ſſ Ȿ ✕ ♍ ♊) o → ✠

Puis tu suffumigeras comme sus est dit, et tu t'en serviras de même en son lieu et quand il en sera nécessaire.

Le bâton doit être de canne et de la verge de noisetier, et tous deux vierges, c'est à-dire, sans rameaux adhérens : ils doivent être cueillis et taillés au jour et heure du ☀ ; sur le bâton, on doit écrire aux jour et heure de ♀, avec la plume

dont est parlé ci-devant, les caractères
que voici :

Et si avec commodité, l'exorciseur
peut graver ces caractères avec l'instrument sacré, ce sera mieux ; étant faits,
on dira les paroles suivantes : Adonay,
très Saint et Puissant , faites-nous la
grace de consacrer et bénir ce bâton et
cette verge : afin qu'ils aient la vertu
qu'ils doivent avoir : ô très-saint Adonay,
auquel soit honneur et gloire par tous
les siècles des siècles. Amen.

Ensuite tu l'aspergeras de l'eau exorcisée et suffumigeras, tu les poseras dans
le drap de soie, comme dessus. Comme
les épées sont quelquefois nécessaires à
l'art, tu en prendras une neuve, que tu

C 3

feras polir au jour de Mercure ☿, depuis la première jusqu'à la troisième
heure de nuit, sur laquelle tu écriras
Elohim Jitor, en commençant depuis la
pointe jusqu'à la garde ; les susdits noms
Divins se doivent seulement écrire sur
l'épée qui doit servir au maître ; pour
les disciples, on écrit les noms suivans
sur le manche, *Cardial*, et sur la lame,
Pegion, de l'un et de l'autre côté, trans-
versalement, et puis encore d'un côté,
Panoraïm †, de l'autre côté écrire *Heo-
mesim* † comme il paraîtra dans l'exem-
ple ci - après ; et dans la seconde épée,
Uriel, *Saraïon*, *Gamerin* † *Debaliin*,
de la manière susdite ; dessus la troisième
épée, tu y mettras : *Daniel*, *Imeton*,
Lamediin †, *Eradin*, et tu y mettras un
manche d'os blanc : ensuite tu diras se-
crètement sur les épées, la suivante conjuration :

« Je te conjure, épée, par ces trois saints Noms, Albrot, Abracadabra, Jeova, afin que dans chaque œuvre magique, tu me sois une forteresse et défense contre tous les ennemis visibles et invisibles, par le nom *Saint Saday*, qui est très-puissant, et par ces autres noms : *Cados, Cados, Cados, Adonay, Eloy, Zena, Oth, Ochimanuel*, premier et très-nouveau, sagesse, chemin, vie, vertu, chef, bouche, parole, splendeur, lumière, soleil, fontaine, gloire, montagne, vigne, porte, pierre, bâton, Prêtre, Immortel, Messie, épée, que tu présides en toutes mes affaires et en celles qui me sont contraires, amen.

Les Consécrations étant achevées, tu les mettras dans le drap de soie jusqu'à ce qu'il faille t'en servir.

Tous les instrumens qui suivent, étant

directement consacrés et purifiés, servent pour toutes les expériences magiques.

Nota. Si vous êtes plus de trois, il faut autant d'épées et couteaux comme vous êtes de personnes.

CI-APRÈS LES INSTRUMENS :

CHAPITRE V.^e

De l'expérience du vol, et de quelle manière on opère.

Or, mon cher fils, ci trouve l'expérience préparée au vol : tu feras comme ci-dessus, et tu te muniras du signe de Dieu. Si dans cette expérience, les jour et heure ne sont pas marqués, tu la feras dans les jour et heure comme il est dit dans le chapitre deux des heures et vertus des planettes ; avant que de commencer l'ouvrage, tout étant préparé, tu diras cette oraison :

« Atha milech Nigheliona, assermaloch Bássamoïm, Eyes, Saramelachin, Barel, emod, egen, gemos. Toi, Seigneur qui as fait le ciel et la terre avec une palme, qui es assis sur les chérubins et séraphins, qui as fait toutes les choses cachées à nos yeux, le tout à ton service. Cados, Cados, Eloy, Zenaoth, que le ciel et la terre soient pleins de ta Majesté. O Seigneur Dieu, je te conjure par ton nom admirable, *quadri lettre*, qui est jiot, Hevavhe, et par ton saint et adorable nom Adonay, de me donner la vertu et la force, afin que je puisse directement perfectionner cette œuvre. Je te prie, mon Dieu, de faire que je puisse connaître la vérité et la force de cette expérience, et que je la puisse conduire à la fin desirée, amen. »

Après que tout sera préparé, tu diras ces paroles : « Pere Tout-Puissant, que contient le ciel et la terre, et qui vois les abîmes, je te prie, par ton saint nom, Jodhevau, lequel est décrit avec quatre lettres, concède nous par ta miséricorde, que, par le moyen de cet exorcisme, nous puissions trouver la vérité. Jot, Jot, Jot, que par ta vertu, ces esprits nous enseignent en quel lieu est la chose dérobée, que promptement ils la fassent voir, ou à cet enfant.» Cela étant fait, les esprits te feront voir incontinent les choses que tu cherches, observes bien qu'il faut que l'exorcisme soit comme il est dit dans le chapitre de l'Exorcisme ; et si dans pareilles expériences, on doit écrire des caractères ou des noms, observes qu'il faut avoir du papier, plumes, écritoires de la même manière qu'il sera dit dans leur chapitre, car si tu ne fais pas bien toutes choses, tu ne feras rien du tout.

CHAPITRE

CHAPITRE VI.°

De l'expérience de l'invisibilité.

Avant de faire l'expérience d'invisibilité, tu diras de cœur les paroles suivantes : Scaboles, Habrion, elæ, elimigit,
gabolii, Semitrion, Metinobol, Sabani-
teut, Heremobol, cane, methé, baluti,
catea, timeguel, bora, par l'empire que
vous avez sur nous, faites cette œuvre, afin
que je puisse être invisible. Il faut écrire
ces caractères avec le sang ci devant décrit, et dire cette conjuration : « Je vous
conjure et vous contrains, ô vous, esprits
d'invisibilité, qu'incontinent et sans tarder, vous consacriez cette expérience,
afin que certainement je puisse aller invisible et sans fourberies. De rechef, je

D

vous conjure encore par lucifer, votre prince, et par l'obéissance que vous lui devez et par la Puissance de Dieu, qu'incontinent vous m'aidiez en telle sorte, que vous consacriez cette expérience sans perte de mon corps ni de mon ame. *Fiat, fiat, fiat.* »

Pour cette expérience, ayes toutes les choses bien préparées avec diligence et avec toutes les solennités contenues et requises dans ladite expérience, comme il apparaît au chapitre qui lui est propre, ensuite tu peux opérer avec sûreté, et tu trouveras la vérité; mais si tu manques à quelques unes de ces choses nécessaires, tu ne pourras pas parvenir à ce desir, parce que l'on ne doit entrer dans une ville que par la porte et non pas par les murs.

CHAPITRE VIIe

De l'expérience d'amour et comme elle se fait.

A qui que ce soit que tu veuilles faire l'expérience d'amour, ou pour posséder l'amour de qui que ce soit, soit homme, soit femme, il est nécessaire, en faisant l'expérience, d'observer les choses par le menu, et si tu manquais dans les jour et heure, fais ton expérience comme il est dit plus haut dans le chapitre des heures, elle doit se faire avec de la cire ou statue, ou autre matière préparée, premièrement, la matiere comme il sera dit dans leur chapitre, et la préparation étant faite, tu diras sur la cire les paroles suivantes : « Noga, jes, astropolim, asmo, coccav, bermona, tentator, soignator ;

je vous conjure tous, ministres d'amour et de fornication, par celui qui vous a condamnés aux enfers, de consacrer cette cire comme elle le doit être, afin qu'elle acquiert la vertu desirée, qu'elle doit obtenir par la puissance du très-saint Adonay, qui vit et règne par tous les siècles des siècles, amen. «Tu formeras ensuite l'image comme l'expérience le démontre, il sera très-nécessaire d'écrire dessus, avec la plume d'oie mâle, tel qu'il est désigné dans son lieu, on l'exécute comme l'expérience l'enseigne, et on la parfume chaque fois ainsi qu'il a été dit, prononçant ces mots: «O toi, très puissant roi Paymon, qui très puissamment règne et domine en toute la partie occidentale, ô toi Egim, roi très-fort, de l'empire duquel on monte au pays froid, ô toi, Asmodée, qui domine au midi, ô toi, Aymemon, roi très-noble, qui règne dans l'orient, le règne et empire duquel a un principe et doit durer jusqu'à la fin des siècles. Je vous invoque et vous prie par ce *eo*, qui a dit *et factum est*, qui avec sa seule parole, a créé tout, et auquel toutes les créatures obéissent par le siége de sa Majesté, par sa Volonté et son Nom, par celui qui était avant les siècles et qui les a créés, que l'on décrit avec quatre mots : *Jod he vau he*, et par toutes les enchanteries et vertus d'icelles ainsi que par les insignes noms du Créateur, que vous consacriez la présente image, et faites qu'elle obtienne la vertu qu'elle doit avoir et que nous desirons par le Très-Saint Nom Adonay, la vertu duquel n'a eu principe, ni n'aura de fin.»

Cela étant fait, tu conjureras avec la conjuration de l'image, c'est-à-dire, de l'expérience, et si la femme ne vient pas ou l'homme, pour lors tu mettras l'i-

D 3

mage dessous le chevet de ton lit, et,
avant trois jours, tu verras des choses
qui seront admirables, et si tu fais ces
choses avec soin, ni la terre, ni les chaînes ne pourront empêcher que la personne ne vienne à toi, de laquelle
personne tu obtiendras ce que tu voudras, sans exception d'aucune chose;
et si tu fais l'image de métal, plomb ou
étain, elle doit être faite comme il est
dit ci-dessus et que l'on verra ci-après :
les caractères et les noms doivent être
décrits et dépeints avec le papier, plume,
couleur, comme ci - devant, comme il
sera dit dans le chapitre suivant. L'heure
et le jour, qui doivent être observés et
réglés en toutes les solennités nécessaires
en semblables expériencés, doivent être
faites comme elles sont décrites dans
leur propre chapitre, ci-dessus et tel
qu'il sera dit dans le second livre. Mais

si l'expérience doit être pour trouver la
personne aimée, mets sous la porte sur
laquelle elle doit passer, ou bien que ce
soit une expérience de telle condition
que ce soit, il faut faire une poudre que
l'on puisse jetter sur la femme ou la faire
boire ou manger, on doit faire les solennités des heures, matières, du tems et
des instrumens, comme il est marqué
dans leur chapitre; tu diras, en quelle
partie du monde que ce puisse être, ou
avec qui que tu sois, le nom de l'esprit, en disant : « Je vous conjure et contrains, vous, diables, qui avez puissance
de bouleverser les cœurs des hommes et
des femmes, par celui qui nous a créés
derien, et par cette chose, que vous ve-
niez en ma présence cette nuit, afin que
je reçoive la vertu de forcer à m'aimer
qui je voudrai, soit mâle ou femelle. » Et
puis il faut opérer pour cette chose con-

sacrée, comme il est enseigné dans la
propre expérience, et que cela se fasse
selon la propre doctrine de la même expérience, alors que toutes les choses seront préparées, tant caractères, figures
de cire, plomb ou autres matières, vous
direz sur iceux : «je vous conjure, ô vous,
anaël, donquel, theliel, princes d'a-
mour et tous vos ministres, qui avez
puissance d'imprimer la chaleur dans
les hommes et dans les femmes, et d'em-
brâser le feu d'amour ; je dis que je vous
conjure par celui qui est assis sur les
chérubins, qui garde les abîmes et par
celui qui fait trembler le monde, et auquel toutes les créatures obéissent, que
ainsi vous consentiez que ces caractères
ou figures aient cette vertu, afin que
l'homme ou femme que ce soit, me
puisse aimer, desirer et brûler de mon

amour, sans qu'elle puisse être aimée de qui que ce soit que de moi.» Après quoi tu mettras cette expérience dans un vase pendant une nuit, et tu opéreras aux jour et heure propre, comme nous avons dit, parce que tu en verras merveille.

CHAPITRE VIII.ᵉ

De l'expérience de la grace et impétration.

Sɪ tu veux faire l'expérience de grace et d'impétration, observe de quelle manière est faite cette expérience, que, si tu manques les jour et heure, tu la feras dans les jour et heure comme dessus est dit, et alors dans icelle, on doit écrire avec la plume sus désignée, puis tu suffumigeras et aspergeras avec l'eau et aspersoir, de l'art comme ci-dessous. Si avec caractères ou noms, qu'ils se fassent conformément à l'art, et le breve doit être mis dans le drap de soie de l'art, disant la présente oraison: «Adonay, Dieu très-Saint et très-puissant, qui est Alpha et Oméga, par ta miséricorde et bonté

desquelles tu es rempli : concéde moi
que cette expérience ainsi consacrée et
parfaite, se trouve, afin que tu me con-
cilies la grace et me concédes l'impétration, que la lumière de ta sainte foi vienne,
ô Adonay, laquelle en ce breve tu mettes
la vertu pour acquérir la grace. »

Ayant fini, il faut le mettre dans le
drap de soie et l'ensevelir pendant un
jour et une nuit; voulant obtenir les
bonnes graces et faveurs de quelqu'un,
prends ce breve [ainsi consacré directement avec le susdit ordre, et tu le mettras dans ta main droite : demandes tout
ce que tu voudras, tu l'obtiendras; en
allant pour demander la grace, tu diras
l'oraison ci-dessus.

CHAPITRE IX.e

Des expériences de haine et destruction.

Les expériences pour les ennemis se font ainsi et en plusieurs manières : tu observeras très-diligemment et fidèlement toutes les particularités de chaque expérience, soit qu'elle se fasse avec image de cire ou autre matière ; que si les jour et heure te manquent, prends les mêmes jour et heure dans leur chapitre, ensuite prépare ladite image propre à cet effet, avec ordre et manière, après tu la suffumigeras avec les odeurs marquées ci-après dans son chapitre. Si tu dois écrire sur cette image, tu le feras avec l'aiguille ou le stylet susdit, ensuite tu diras une fois sur cette image,

les

les paroles suivantes : « *Usor, dilapida-tore, tentatore, soignatore, devoratore, concitore et séductore*. Je dis vous, tous vos ministres et compagnons, vous conjurent, contraignent et commandent que vous fassiez volontiers ceci, à savoir, que vous consacriez cette image directement, et que cela soit fait au nom de.. ....; que comme la face de l'un est contraire à l'autre, ainsi .... ne se puissent jamais regarder. Tu mettras ensuite cette image en quelque lieu parfumé avec de méchantes odeurs, particulièrement des espèces de ♂, comme souffre et *assa fœtida*, et que ce soit pendant une nuit, après tu aspergeras ladite image comme il sera dit en son lieu, en observant l'heure et le tems, ainsi qu'il est marqué dans leur chapitre; que si l'expérience se fait avec caractère

E

ou noms, ou en touchant les amans par
paroles ou par quelque manière que ce
soit. Il faut bien observer tout ce qui se
devra faire , tel qu'il sera marqué dans
leur chapitre ; mais lorsque l'expérience
se fait, en donnant quelque chose à manger, cela se prend dans les jour et heure
propres à ces choses, comme je vous ai
dit : étant ainsi préparées , il faut les
mettre devant soi, en disant : « où êtes-
vous *soignatore*, *usore*, *dilapidatore* et
dentatore, *concisore*, *divoratore*, *seduc-
tore et seminatore* ? Vous qui semez la
discorde , où êtes - vous ? qui mettez la
haine et apportez les inimitiés, je vous
conjure , par celui qui vous a créés à ce
ministère, que vous fassiez cet ouvrage,
ou bien quand *N*, (*nommant le nom*)
mangera de semblables choses ou de
quelle manière il la touche , jamais il ne
puisse vivre en paix. » Et puis tu donne-

ras à telle personne que tu voudras dans l'heure de ♄ ou bien de ♂, parce que tu opéreras ceci de la manière que tu le souhaites; prends garde pourtant d'observer les choses nécessaires à semblables expériences, comme il est enseigné dans les chapitres qui sont dans les premier et second livres.

CHAPITRE X.e

Pour préparer les matières burlesques et dérisoires.

LE s expériences burlesques et dérisoires se font en plusieurs manières : lorsque tu voudras en faire quelques-unes, tu observeras les jour et heure, comme sus est dit, après quoi tu écriras toutes ces expériences ainsi que l'on doit en telles badineries, que si c'est des paroles ou caractères, que ce soit en papier vierge, avec la plume sus désignée de l'art. Si en icelle, il est déclaré autrement, tu dois écrire sur ledit papier vierge avec la plume d'oie mâle et l'aiguille de l'art, trempés dans le sang de lézard ; mais avant que d'écrire les noms et caractères, tu dois observer toutes les choses marquées dans nos chapitres. Ce qu'étant fait, il faut avoir cette expérience devant toi, sur laquelle tu diras d'une voix douce : « Abac, abedac, isbac, audac, custiac, evac, cusor et circulatori, et fais-toi montrer cette chose comme tu sais, et de qui elle sera regardée, venez donc, armez vous et consacrez vous, c'est un grand enchantement, puisque DIEU est le Seigneur Tout-Puissant, et vous ajoutez pour de semblables choses. » Après quoi semblable brève s'accomplit, étant préparée dans les tems et heure, comme il sera dit ci-après et les susdits noms *Abac*, etc, comme ci-dessus et les suivans qui doivent être écrits ou insérés dans l'expérience, avec la plume de l'art ordonnée à cet effet.

E 3

Et si l'expérience se fait sans écritures, de quelque manière que ce soit, on doit toujours répéter les mêmes paroles, et ainsi on viendra à bout de telles expériences, par lesquelles on pourra tromper les sens.

CHAPITRE XI.e

De la manière de préparer les expé-
riences extraordinaires.

Dans les précédens chapitres, nous avons parlé des expériences communes qui ont coutume de venir à l'ordinaire.

Maintenant, pour le complément de notre livre, sous un commun chapitre, nous traiterons des expériences extraordinaires; telles sont les expériences de lier ou fasciner les hommes, femmes, ou autres expériences semblables; telles sont encore celles qui servent à tromper de manière que nous puissions user ensemble; enfin celles qui sont d'avoir affaire avec quelque femme sans aucune solennité. C'est pourquoi si tu en peux faire quelques-unes, tâche de la préparer selon ses jour et heure convenables, tu écris sur le papier de l'art avec la plume d'oie mâle, en quelle expérience ou en quelle matière qu'elles se fassent, il faut dire dessus cette oraison : « O Dieu, qui as fait toutes les choses, et qui nous as donné la science pour connaître le bien d'avec le mal par ton saint Nom, qui est Adonay, concède moi que cette expérience soit véritable dans mes mains, par ton Saint Nom, qui a sept cours d'Anges devant toi, qui crient devant toi, en disant : Cados, Cados, Cados, Eloy, Sabaoth, et ces saints noms Jah, Jod, Vau, Palos, Fofar, Sospazor, Zuor, Amator, Creator, fais-moi la grace que cette expérience soit véritable dans mes mains. »

Puis ayant fait toutes ces choses, tu opéreras selon l'heure de cette expé-

rience, et tu observeras toutes les autres
solennités, comme il est marqué en la
présente ; après tu diras sur cette expérience, ces paroles : « Asmorida, diecte,
horrida, trectay, becsay, arfusa, astara,
et vous tous, esprits dénommés, venez
de quelle partie du monde que ce soit,
et m'aidez dans cette expérience, afin
qu'elle se consacre et confirme par vous,
et qu'elle retienne la vertu qu'elle doit
avoir par le Nom Très-Saint, Adonay,
lequel vit sans fin, et règne par tous les
siècles des siècles, amen. » Ensuite tu
suffumigeras avec odeur cette expérience
et l'aspergeras avec l'eau de l'art, au nom
des esprits, par lesquels se fait de semblable ouvrage, ensuite tu opéreras dans
les susdits jour et heure marqués dans
le chapitre de l'expérience, que si elle
ne réussit pas, fais la dans les jour et
heure de ♀, il faut remarquer que lors-

que tu voudras faire quelqu'expérience, si tu manques quelques-unes de ces choses qui sont décrites, jamais tu n'arriveras à celle désirée, mais si tu les fais toutes avec diligence, tu ne pourras pas manquer, avec les plumes, de voler.

CHAPITRE XII.e

De la manière que doit être l'Exorciseur.

L'EXORCISEUR étant nétoyé de tous péchés, doit décrire toutes les conjurations et exorciser sur du papier vierge, ayant la plume d'oie mâle ; savoir : les noms de toutes les planettes, les caractères, les heures, les signes et généralement tout ce qui concerne la magie. Il faut qu'il se purifie avec l'eau exorcisée depuis le sommet de la tête jusques aux pieds, en disant : « Seigneur Adonay, qui m'as formé à ton image et ressemblance, aye la bonté de bénir ainsi que sanctifier cette eau, afin qu'elle soit le salut de mon corps et de mon ame, et

qu'aucune méchanceté ne puisse jamais
avoir lieu sur moi. » Puis il s'essuiera; il
faudra qu'il dise cette oraison cinq fois
le jour et quatre la nuit, pendant trois
jours : « Astroschio, asath, à sacra be-
drimubal, felut, anabotos, serabilem,
sergen, gemen, domos. Seigneur Dieu,
qui êtes assis sur les Cieux, qui voyez
les abîmes, concédez-moi, je vous prie,
que les choses, que je conçois dans mon
esprit, puissent être par moi mises à exécution, par vous, ô Grand Dieu! qui
vivez et régnez dans tous les siècles des
siècles, amen. »

Les trois jours étant passés, il faut
avoir toutes les choses nécessaires à
l'art, puis attendre l'heure pour opérer;
toutes ces choses étant prêtes, il com-
mencera l'œuvre, surtout il faut bien
observer les jours, heures et quantièmes
de la ☽ ainsi que les planètes.

CHAP.

CHAPITRE XIII.e

Comme se doit faire l'aspersoir et l'eau exorcisée.

Il faut faire l'eau et l'aspersoir dans les jour et heure de ☿ : prends un pot de terre vernissé, remplis le d'eau de fontaine vive, dans laquelle tu jetteras du sel, et tu diras le pseaume *Domine, ne in furore tuo arguas me*, tout au long et *Domine exaudi orationem meam*, ensuite l'oraison suivante : « Toi, Seigneur Très-Puissant, mon Dieu, mon repos et ma vie, aide moi, Très-Saint Père, j'espère en toi, comme Dieu d'Abraham, Dieu d'Isaac, Dieu de Jacob, des Anges et Archanges, Dieu des Prophètes et Dieu Créateur de toutes choses, je te

F.

prie, en toute humilité, par l'invocation
de ton Saint Nom, que tu daignes bénir
cette eau, afin qu'en quel lieu qu'elle
soit jettée, elle puisse sanctifier nos corps
et nos ames, par toi, Très-Saint Adonay,
duquel le règne n'aura jamais de fin,
dans les siècles des siècles, amen. » Puis
dans le même jour, tu feras l'aspersoir
avec la vervaine, pervanche, sauge,
menthe, valérianne, fresne et basilic ;
tu n'y ajouteras point l'hysope, mais le
romarin : fais un petit aspersoir de toutes
ces herbes, mets y un manche de bois
de noisetier vierge, long de trois palmes,
auquel tu lieras lesdites herbes avec du
fil qui soit filé par une fille vierge ; sur le
manche, tu graveras ces caractères d'un
côté :

Avec ceci , tu opéreras toutes les fois que tu voudras , et sache qu'en quelque lieu que tu aspergeras de cette eau , tu feras disparaître tous les fantômes , de sorte qu'ils ne pourront donner aucun empêchement, de laquelle eau tu te serviras en toutes préparations. Cette eau est propre pour tout dans la Clavicule.

CHAPITRE XIV.ᵉ

Des Encensemens et suffumigations.

Il y a deux sortes de suffumigations : les unes sont puantes, qui se font avec le souffre en poudre et l'*assa fœtida* ; les odoriférantes se font avec le bois d'aloës, encens, benjoin, storax ou telles autres odeurs que tu voudras choisir ; pour les odoriférantes, tu diras dessus : « Dieu d'Abraham † Dieu d'Isaac † et Dieu de Jacob †, daignes bénir et sanctifier ces créatures de telle espèce qu'elles soient, afin qu'elles acquièrent la vertu et la force pour connaître les bons esprits d'avec les méchans, ennemis et fantômes, par toi, Adonay, qui vit et règne par tous les siècles des siècles, amen.

Second Exorcis.

» Je t'exorcise, ô esprit immonde qui es fantôme de l'ennemi, pour qu'au nom de Dieu Tout - Puissant, tu ayes à sortir de cette espèce, avec toute fausseté et méchanceté, en telle sorte qu'elle demeure sanctifiée et exorcisée, au nom de Dieu Tout Puissant, afin que toutes vertus viennent à ceux qui goûteront cette odeur, que l'esprit de Dieu arrive ensorte que cette espèce étant brûlée, aye la vertu du Seigneur, pour qu'aucun fantôme ne soit si hardi que de l'accoster, par le Nom ineffable de Dieu Tout-Puissant, amen.

Troisième Exorcis.

« Daigne, Seigneur, bénir et sanctifier cette créature, afin qu'elle soit un très-grand remède salutaire au genre humain

F 3

et le salut de nos ames et de nos corps,
par l'invocation de ton Très-Saint Nom,
pour que toutes les créatures qui senti-
ront la suffumigation de cette espèce,
reçoivent la santé du corps et de l'ame,
par ce Seigneur qui a créé les siècles
des siècles, ainsi soit-il. »

Cela étant fait, tu les aspergeras d'eau
exorcisée et les mettras dans le drap de
soie pour t'en servir, tel qu'il est prescrit.
Quand tu voudras suffumiger quelque
chose, tu prendras du charbon neuf qui
n'ait pas été allumé, et tu l'exorciseras,
étant encore noir, en la manière ci-après,
l'ayant allumé.

Exorcis du Charbon allumé.

«Je t'exorcise, ô créature feu! par celui
qui a fait toutes choses, que tu chasses
de toi tout fantôme, afin qu'ils ne leur

nuisent ni ne les troublent aucunement
dans leur ouvrage, par l'invocation du
Très-Haut Créateur. Amen.

» Bénissez, ô Seigneur Tout-Puissant
et miséricordieux, la créature de cette
espèce, afin qu'il n'arrive aucun mal à
celui qui s'en servira. Amen. »

Et comme il arrive des expériences
où l'on doit se servir des espèces puantes
ou odeurs, comme nous avons dit ci-
dessus. Il les faut préparer, ces espèces
ou odeurs puantes, en disant ces mots :
« Adonay, Lazay, Delmay, Amay, Saday, Eloy, par l'invocation de ton Très-
Saint Nom, ô Seigneur ! donne nous le
secours de ta grace par cette espèce, et
qu'elle nous soit un aide dans toutes les
choses que nous voulons opérer ; que
toute méchanceté sorte d'icelle, afin
qu'elle soit bénie et sanctifiée dans ton
Nom Très-Puissant. Amen.

Après tu l'aspergeras avec l'eau exorcisée, et tu la mettras dans le drap de soie; operes toutes les fois qu'il sera nécessaire, toujours au nom du Très-Saint Adonay: ainsi faisant, tu auras ce que tu desires.

CHAPITRE XVe

Du Drap de soie.

QUAND tous les instrumens de l'Art, seront directement consacrés et exorcisés, ils doivent être mis dans un drap de soie précieux, comme dit Salomon, afin que toutes ces choses se conservent nettement et chastement, pour être plus efficaces : il n'importe pas de quelle couleur il soit, excepté noir ou brun, et dans lequel il faut écrire avec la plume d'oie mâle de l'Art, les caractères suivans avec du sang de pigeon :

Ensuite tu écriras ces noms, *Adonay*,

Ammastius, Anareton, Cosbos, Eloym,
tu les encenseras et aspergeras, en disant après les Pseaumes : *Domine, Dominus noster*, etc. ; *Deus judicium tuum
Regi da*, etc. ; *Ecce nunc dimittis*, etc.,
après tu mettras tous les instrumens magiques, avec lesquels tu opéreras quand
tu voudras et tu acquerreras l'effet.

CHAPITRE XVIe

De la plume d'oie mâle.

Tous les caractères doivent s'écrire avec la plume tel qu'il va être dit : prends la troisième plume de l'aîle droite d'un oie mâle ; en la tirant, tu diras ces mots : « Abrachay, Abatoy, Samatoy, Scaver, Adonay, chassez de cette plume toute méchanceté, afin qu'elle retienne en soi toute puissance d'écrire toutes les choses que vous voudrez. » Puis tu la tailleras avec le couteau de l'Art, le couteau au manche blanc, l'encense et l'asperge ; ensuite tu prendras un cornet de terre ou écritoire neuve, qui soit faite aux jour et heure de ☿, et autour tu graveras ou écriras avec le stylet exorcisé, ces noms : *Jod Hevau, he Mitraton, Jac, Jac, Jac,*

Cados, *Eloyn*, *Zevao*; tu mettras en-suite la plume dedans, prononçant ces paroles : « Je t'exorcise créature plume, par Etereton, par Stimulaton et par le nom Adonay, que tu me sois en aide en toutes mes opérations. » Comme il est quelquefois nécessaire d'écrire avec des couleurs, tu auras plusieurs cornets d'encre blanche dans laquelle tu délaye-ras tes couleurs pour les Pentacles et ca-ractères ci après; il faut que les couleurs soient détrempées avec l'eau bénite que nous appelons exorcisée et de gomme arabique, puis tu les parfumeras : que ce soit en toute dévotion, humilité et foi, sans lesquelles rien ne se peut faire.

CHAP.

CHAPITRE XVIIe

Du Sang de Pigeon et autres animaux.

Tu prendras un pigeon, que tu exorciseras ainsi : « Je te conjure, ô Pigeon,
que, dans nos ouvrages, tu sois pour
m'aider de la part du Dieu vivant et vrai,
par le Dieu Saint, par ce Grand Dieu
qui t'a créé, par Adam, qui t'a donné le
nom avec tous les animaux. » Après tu
prendras l'aiguille désignée au chapitre
quatre, avec laquelle tu perceras la veine
droite de l'aîle du pigeon, et tu prendras ce sang dans un vase, sur lequel tu
diras ces paroles : « Adonay, très-puissant, Areton, Arsay, Saday, Dieu Tout-
Puissant, Saint, immaculé et immuable
Emmanuel, Messiah, Jeova, soyez moi
en aide, afin que ce sang puisse me servir

G

en tout ce que je voudrai et demanderai,
amen. » Remarque que quand tu vou‑
dras avoir du sang de quelqu'animal que
ce soit, tu dois toujours le piquer avec
quelques uns des instrumens de l'Art,
mais la lancette fait mieux.

CHAPITRE XVIIIe

De la Plume de l'Hirondelle.

On prend la plume de l'aîle droite de l'hirondelle, que l'on appelle épée, et, avant de la tirer, tu diras ces deux mots, *sin re*; après tu la tailleras avec le couteau de l'Art, tu écriras sur cette plume avec la plume d'oie, ce nom *Anereton*, ensuite tu répéteras dessus les pseaumes *Ecce quàm bonum et quàm jucundum*, etc. *Laudate Dominum omnes gentes*, etc.; puis, l'aspergeant et la parfumant comme l'autre, tu la mettras dans le drap de soie comme ci-devant.

CHAPITRE XIX.e

*Comme se fait et prépare le Par-
chemin vierge.*

LE Parchemin consacré est très-nécessaire à l'Art magique, en plusieurs manières, lequel peut être de deux sortes,
l'un vierge et l'autre non : on appelle
vierge, celui qui est fait de bêtes n'ayant
jamais engendré, sur-tout mâles, et que
ce soit dans les jour et héure de ♀. Tu
mettras l'animal qui te fournira le parchemin, dans un lieu secret où personne
n'habite ni te puisse voir, après tu prendras une canne vierge, tu la tailleras en
forme de couteau, avec celui à manche
blanc, la nétoyant bien de ses rameaux,
puis tu diras dessus : « Je te conjure,
canne, par le Créateur de l'univers et

Roi des Anges, le nom duquel est Hel-
saday, que tu prenne force et vertu
d'écorcher cet animal pour faire le parchemin sur lequel tu puisses écrire le
Très Saint Nom de Dieu, afin que toutes
les choses que j'écrirai dessus, puissent
réussir par ce Dieu Tout Puissant, qui
vit et règne dans les siècles des siècles,
amen.» Tu diras en coupant cette canne,
le pseaume *Deus judicium tuum Regi,*
etc.; puis tu écriras sur ladite canne, ces
mots : « Agla, Adonay, Eloë, que par
vous s'accomplisse l'ouvrage de ce couteau de canne,» ensuite vous direz dessus : *Cara, cherna, sito, cirna.* Ecorche
après l'animal avec ce couteau de canne,
en disant : « Adonay, Dalmay, Saday,
Tetragrammaton, Anereton, Anepaton,
Cureton, Saints Anges de Dieu, soyez
présens et donnez vertu à ce parchemin,
que par vous il se consacre, en telle

sorte que toutes les choses qui s'écriront
dessus, acquèrent une telle vertu, que
elles puissent avoir la fin desirée. » Et
quand tu l'auras écorché, prends du
sel et dis dessus : « Dieu des Dieux daignes bénir et sanctifier ce sel, afin que
j'en puisse asperger ce parchemin que
je prétends faire en lui, en sorte qu'ils
obtiennent vertu, puissance et effet. »
Après, avec le sel, tu saleras ladite peau,
que tu mettras au soleil pendant quinze
jours ; prends ensuite un pot de terre
vernissé, autour duquel tu écriras ces
coractères :

ɔL℩ɷȝȟℐtoʜƐɭƐ

Dedans ce pot, tu mettras une grosse
pierre de chaux vive avec de l'eau bénite ; étant liquéfiée et éteinte, tu en
envelopperas la peau, le tout dans ledit
pot, et tu l'y laisseras neuf jours entiers,

ensuite tu la tireras, et avec le couteau de canne, tu la ratisseras pour en ôter le poil, tu la mettras sécher pendant huit jours à l'ombre; en la mettant sécher, il faut l'asperger, en disant : « Au nom du Grand Dieu éternel, je t'asperge, afin que tu sois purifiée de tous vice et iniquité. » Puis tu la parfumeras d'odeurs odoriférantes, tu la serreras ensuite dans le drap de soie avec tous les instrumens de l'art; que pas une femme ayant ses fleurs ne la voye, parce qu'elle perdrait toute sa vertu.

Mais si cette manière de parchemin te paraît trop difficile, prends du parchemin vierge de quelque bête que ce soit, exorcise le comme ci-dessus, tu mettras ensuite du charbon allumé dans un pot neuf vernissé, tu y mêleras les bonnes odeurs, et au-dessus ton parchemin, pour les recevoir; mais avant tu feras ces caractères autour du pot avec les instrumens de l'art.

Tant que durera la suffumigation, tu diras : « Anges de Dieu, soyez à mon aide, que par vous s'accomplisse notre ouvrage. Après tu diras : Lazay, Salmay, Dalmay, Anepaton, Cendrion, Anitor, Encheron, Saints Anges de Dieu, soyez présens et donnez la vertu à ce parchemin, pour qu'il puisse acquérir celle de tous les caractères dont il sera revêtu, par l'aide de Dieu pieux et misericordieux. »

Tu diras les Pseaumes *Deus judicium tuum, Regi, etc, Laudate Dominum omnes gentes, etc.* Ensuite tu réciteras la conjuration suivante : « Je te conjure,

créature parchemin , par tous les noms
de Dieu , que toutes les choses qui seront
écrites en toi , ne s'effacent jamais de la
vérité. » Après quoi tu l'aspergeras et le
mettras dans le drap de soie , comme il
est dit plus haut.

CHAPITRE XXe

De la Coëffe des enfans nouveaux nés.

QUAND tu auras des coëffes des enfans nouveaux nés, tu les parfumeras avec des odeurs odoriférantes et aspergeras, après quoi tu diras les pseaumes suivans : *Domine exaudi orationem meam, etc.*, *Dominus Deus meus, respice in me, etc.* Puis tu diras les conjurations suivantes : « Bosmeletic, Jeysmy, Eth, Hodomos, Belureos. Seigneur, qui as fait toutes choses en sagesse, qui as élu Abraham ton premier fidel, la semence duquel a multiplié comme les étoiles du Ciel, qui as apparu à Moyse, ton serviteur, enflammé de feu rouge, et par tes noms qui sont Heie, Acer, Heie, c'est-à-dire, je suis celui que je suis, et fais marcher ton peuple à pied sec sur la mer rouge, qu'à Moyse, ton serviteur, tu as donné la Loi du Salut sur le mont Sinaï, qu'à Salomon tu as donné la sagesse par dessus tous les hommes; humblement, j'adore ta Majesté et implore ta miséricorde, afin que tu consacres ce parchemin dans ta vertu, par toi, ô Très-Saint Adonay, dont le règne est sans fin dans les siècles des siècles, amen.

Après quoi tu aspergeras cette peau avec l'eau bénite de l'Art, tu la mettras dans le drap de soie; lorsque l'on fait les exorcismes, l'on doit écrire les demandes qu'il faut faire aux esprits sur cette peau, qu'on doit suffumiger avec les odeurs puantes.

CHAPITRE XXI.e

Des caractères qu'on doit écrire dans les expériences.

Toutes les fois qu'il sera nécessaire de faire quelqu'expérience , au commencement, tu écriras très-Saint Cheié, Asser Cheié , avec la plume de l'Art et avec la couleur de pourpre ou cinnabre et à la fin cet autre nom Ensophe, qui signifie Infini , ensuite écris sur le parchemin tout ce que tu voudras, pourvu qu'il soit conforme à l'Art, parce que tu parviendras toujours à l'effet desiré; quand tu porteras ces caractères, que ce soit toujours dans de la soie , ayant fini la susdite expérience ou caractère tel qu'il vient d'être dit , tu prononceras les paroles suivantes : « Très-Haut Créateur

de

de toutes choses, je te prie par ta miséricorde, que tu concèdes telle vertu au saint Nom écrit sur ce parchemin ; et que ce nom joint aux autres caractères, se conservent et me gardent de toute méchanceté, par toi, Très-Saint Adonay, amen. »

Muni du sentiment d'une foi vive et de la crainte du Grand Dieu vivant, tu acquéreras tout ce que tu desireras et voudras.

CHAPITRE XXII.e

De la cire Vierge ou de la Terre vierge.

POUR faire les images ou chandelles nécessaires à plusieurs arts ou expériences, l'on se sert de la cire vierge ou terre vierge, c'est-à-dire, qui n'ait jamais été mise en usage ; avant que d'opérer, tu diras dessus : « Entabor, Natabor, Si tacibor, Adonay, On, Lazamon, Terrannes eos Philodes.

» Anges de Dieu, soyez présens, parce que je vous invoque dans mon œuvre, afin que par vous elle obtienne la vertu et se perfectionne très - directement. » Après quoi tu réciteras les Pseaumes, *Domine non est exaltatum cor meum, etc. Domine quis habitabit, etc.* Il faudra dire ensuite les paroles suivantes : « Je t'exorcise créature de cire ou de terre, et t'avertis par le Créateur et Dieu Tout-Puissant, qui a tout créé de rien par son très-saint Nom, et par ses Anges, que tu reçoives vertu et bénédiction, en son Nom, afin que tu sois sanctifiée, bénie, et que tu obtiennes la vertu que nous desirons, par le nom Très-Saint Adonay, par lequel toutes les créatures sont, amen.

Asperge la avec l'eau bénite de l'Art, après tu la conserveras, pour t'en servir dans le besoin. Ce faisant, tu parviendras à toutes les choses que tu voudras entreprendre.

Fin du Premier Livre.

H 2

OBSERVATIONS

SUR LE SECOND LIVRE.

LES PANTACLES, dont va être formé ce second Livre, étant de différentes couleurs, nous avons cru devoir prévenir qu'il fallait, pour assurer les différentes opérations, suivre strictement les couleurs des Planettes, (*ainsi qu'il va être indiqué ci - après pages* 94 *et* 95); sans cette précaution, l'opération deviendrait nulle.

LIVRE SECOND.

CHAPITRE I.er

Des Pantacles, comme ils se préparent.

Toute la connaissance et la science de notre Clavicule dépend de l'usage et de l'intelligence des Pantacles, qui sont très-nécessaires dans les actes, parce qu'ils contiennent les noms ineffables et très-saints, qui étaient écrits du doigt de Dieu, lesquels m'ont été révélés, et que j'ai voulu mettre ici en lieu convenable et consacré pour l'utilité de l'âme et du corps du Genre Humain.

Les Pantacles doivent être faits dans les jour et heure de ♀ en ☽ croissante

H 3

aigue de lumière, étant en signe aëré, et non pas terrestre, que le jour soit égal avec celui du soleil, dans une chambre aërée, nouvellement blanchie, dans laquelle il n'y ait que toi qui habite: tu y entreras avec tes compagnons, tu la suffumigeras avec les odeurs odoriférantes, tu dois avoir plusieurs parchemins consacrés qui soient vierges, sur lesquels tu commenceras à écrire les Pantacles, comme ci-après, à l'heure prédite, avec les trois principales couleurs, savoir: or, cinnabre et verd, ce que tu feras avec la plume de l'art et les couleurs exorcisées, comme il vient d'être dit plus haut; et quand ils seront écrits, tache de perfectionner le tout à la même heure, sinon, ayant commencé, continue jusqu'à ce que tout soit achevé; que si tu voulais cesser, tu recommenceras aux mêmes jour et heure, après.

tu les mettras dans un drap de soie de l'Art. Prends ensuite un pot de terre, dans lequel tu mettras du charbon neuf allumé, de l'encens mâle, mastic et bois d'aloës, le tout exorcisé et purifié ; ensuite avec le couteau ou crochet tu feras le cerne de la manière qui suit : prends les Pantacles quand ils seront faits, suffumige les au-dessus avec de bonnes odeurs, il faut que tu ayes la face tournée à l'Orient, en lisant dévotement les Ps. suivans : *Domine Dominus noster, Cœli enarrant gloriam Dei*, etc, en y joignant : Adonay Très - Puissant , Alpha et Oméga, qui as fait marcher ton peuple sur la mer à pied sec, qui a élu Abraham , ton serviteur fidel, à la semence duquel tu as promis que toutes les tribus de la terre seraient bénites, laquelle semence tu as multipliée comme les étoiles, qui as donné à Moyse la Loi sur le mont Sinaï, et qui as donné à Salomon, ton serviteur, ces Pantacles, pour la sûreté de l'ame et du corps ; avec humilité, nous supplions ta Majesté, que, par ta Puissance, ces Pentacles se consacrent, afin qu'ils obtiennent vertu et puissance contre tous les esprits, par toi, ô Très-Saint et Seigneur Adonay, dont l'empire et principauté seront sans fin, amen. »

Après quoi tu les parfumeras avec les espèces odoriférantes et les mettras dans le drap de soie consacré pour t'en servir.

Ci-après le Cercle, point fondamental de l'Art, ainsi que pour la consécration des Pantacles :

CERCLE

Dont on se sert pour la Consé-cration des Pantacles.

CHAPITRE II.

De ce qui doit être remarqué pour l'usage des Pantacles.

LES Pantacles se font communément du métal conforme à la planette avec l'instrument de l'Art ; mais pour le mieux, c'est avec le parchemin vierge ou la coëffe de l'enfant mâle nouveau né, et pour lors ils s'écrivent avec la plume de l'art et du sang, le tout exorcisé.

Différentes Couleurs des Planettes.

♄ *Saturne*, le noir.

♂ *Mars*, le rouge.

♃ *Jupiter*, le bleu céleste.

☉ *Le Soleil*, le jaune.

♀ *Vénus*, le verd.

☿ *Mercure*, verd et rouge.

☽ *La Lune*, blanc.

La forme des Pantacles doit être communément circulaire, quelquefois octogone, pentagone, exagone ou tétragone.

Les Noms de Dieu sont de plus grande efficacité, lorsqu'ils sont écrits avec les lettres hébraïques; quand à la grandeur, elle est suivant la volonté de l'opérateur, qui peut les augmenter ou diminuer, pourvu que toutes les choses y soient congrues et bien formées.

Pour les caractères, qui sont les lettres et autres noms divins, écrits en lettres hébraïques, j'ai cru qu'il était plus à propos de les mettre comme ils sont, ayant plus d'efficace, mais j'ai transcrit en latin dans les sacrés Pantacles les Versets circulaires qui sont tirés de l'*Ecriture Sainte*, parce qu'ils doivent se prononcer par l'exorciseur avec ardeur et inculpe, trois fois, d'autant que ce sont les effets exprès et médiats de l'intention, les paroles de Dieu étant de très grande vertu. Comme les susdits Pantacles dépendent de la Clavicule, sans aucune marque, il m'a paru bon d'y mettre les couleurs et vertus pour la plus grande intelligence de l'opérateur: ce que j'ai fait autant que j'ai pu le connaître avec l'expérience.

Les formes des Pantacles ont une très grande vertu et une puissance sans bornes, puisque, si tu conjures les esprits, par leur vertu, ils t'obéiront: montre leur les Pantacles, ils te craindront, en telle sorte qu'aucun ne pourra te faire taire ni prétérir la voix, sans que tu sois obligé de leur faire aucun sacrifice

fice ni don. Ces Pantacles ont encore
puissance contre tous les périls de la
terre, eau et feu, contre tous les ennemis tant visibles qu'invisibles, contre la
boisson des venins, contre les enchan-
temens, contre la crainte et contre tout,
En quelque lieu que tu sois, avec ces
sacrés Pantacles, tu seras en sûreté, soit
veillant, dormant, mangeant, buvant,
de jour et de nuit ; étant portés, ils donnent grace des hommes et des femmes,
et par leur vertu, le feu se resserre, les
eaux se retirent, la mer se calme dans
le moment de la tempête, étant jettés
dedans. Tous les esprits ayant souvenir
des noms qui y sont écrits, de crainte
t'obéiront.

LE TRÈS - GRAND ET UNIQUE
PANTACLE,

De couleurs verte et rouge, corres-
pondantes au signe de Mercure ☿.

Le très - grand Pantacle, étant porté
sur soi sans péché, vaut tout contre les
périls du monde et contre les armes;
si vous écrivez ce Cercle, et le montrez
aux esprits; ils vous obéiront en tout.

PANTACLES.

LES sept premiers Pantacles
sont de Saturne ♄, qui
doivent être noirs.

L'Efficacité des Pantacles qui vont
faire suite, est trop reconnue, et l'u-
tilité si bien démontrée, que nous nous
sommes crus dispensés de nous étendre
davantage sur ce sujet.

I 2

PREMIER PANTACLE.

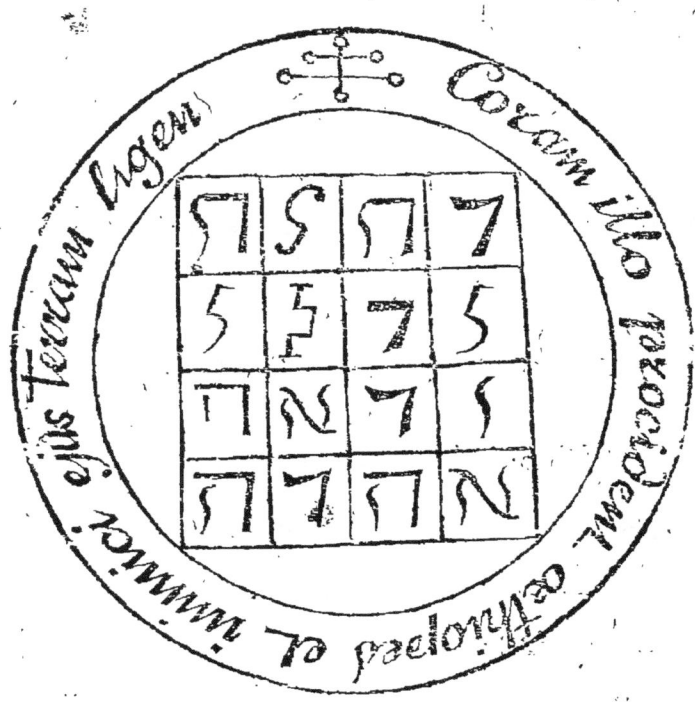

Ce Pantacle est admirable pour donner la crainte aux esprits, parce que, leur montrant, ils se prosterneront et obéiront en tout ce que tu   udra faire faire.

II.ᵉ PANTACLE.

Ce Pantacle est bon contre toutes les adver-
sités, et particulièrement à réprimer la superbe
des princes des esprits ; c'est pourquoi il es
grande vertu.

Nota. Si tu veux donner vertu à ce
Pantacle, pour l'amour, au lieu d'être
sur du parchemin vierge, tu le feras en
telle médaille que tu voudras ; si tu veux
qu'il te serve pour le jeu, tu y ajouteras aux quatre coins, où sont les points,
un ☀ en haut, et une ☽, en bas un ♃
au côté droit et une ♀ au côté gauche.

I 3

III.ᵉ PANTACLE.

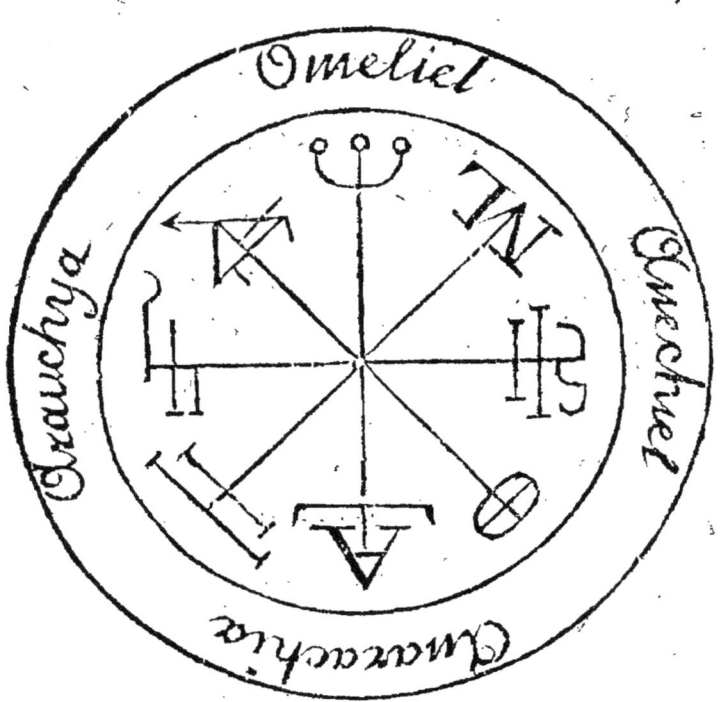

Ce Pantacle est admirable, il est de ♄,
il se doit porter sur soi. Principalement
dans le cercle, lorsque l'on appelle les
esprits de nuit, et de l'état de ♄, la couleur est noire.

IV.e PANTACLE.

Ce Pantacle vaut principalement pour exécuter toutes les expériences qui se font pour la ruine, destruction et mort. Il a coutume d'être accompli par les esprits méridionaux.

Vᵉ PANTACLE

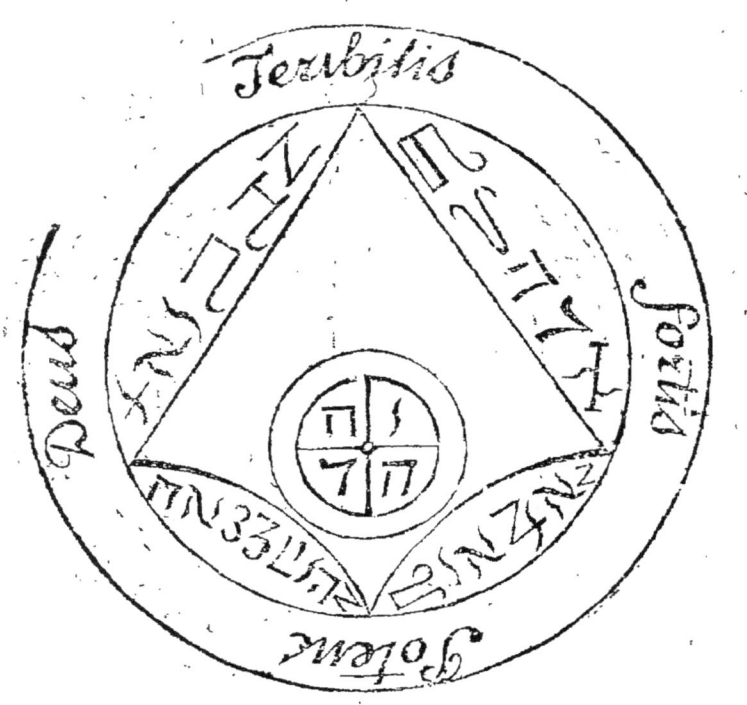

Ce Pantacle de Saturne ♄, protége celui qui appelle les esprits de nuit, il chasse les gardiens des trésors, rend heureux en toutes sortes de jeux, pourvu qu'étant consacré, il soit serré proprement ; et si tu veux qu'il ne serve que pour le jeu, tu le feras de trois métaux, or, argent et cuivre, tu le porteras sur ton estomach. Il faut qu'il soit gravé dans les jour et heure du ☉, de la ☽ et de ♀.

VI.ᵉ PANTACLE.

Le nom pour qui il sera fait, doit être distingué par lettres, ce nom doit être écrit autour du centre du Pantacle, où sont constitués les points ; et celui là sera incontinent travaillé du diable.

VII.ᵉ PANTACLE.

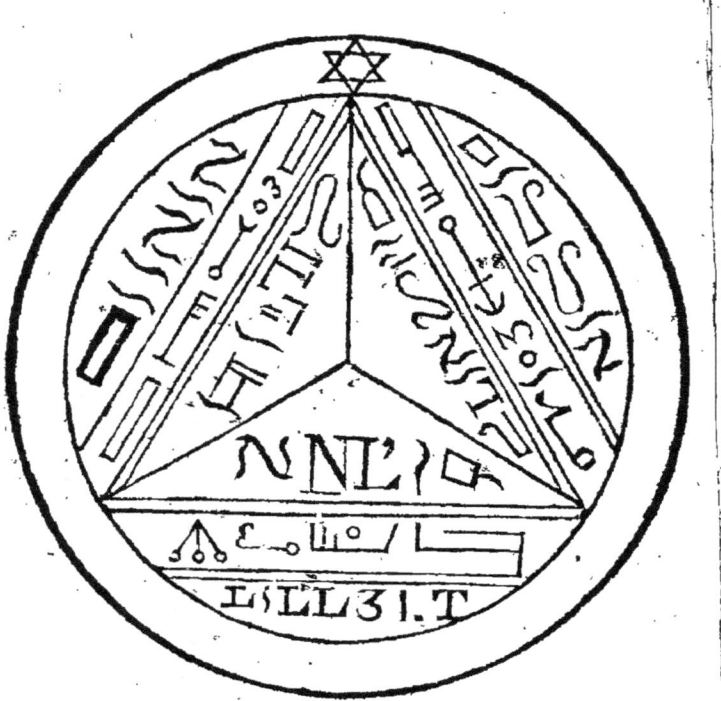

Ce Pantacle est de très-grande vertu pour provoquer les tremblemens de terre; c'est pourquoi la vertu de tous les Anges, se trouve exprimée en ce Pantacle par *noni chori Josmondichi*. Ils peuvent mettre sans dessus dessous tout l'univers.

Les six Pantacles qui suivent, devant être faits aux
jour et heure de Jupiter ♃,
seront formés en bleu céleste,
couleur distinctive de cette
Planette.

PREMIER PANTACLE

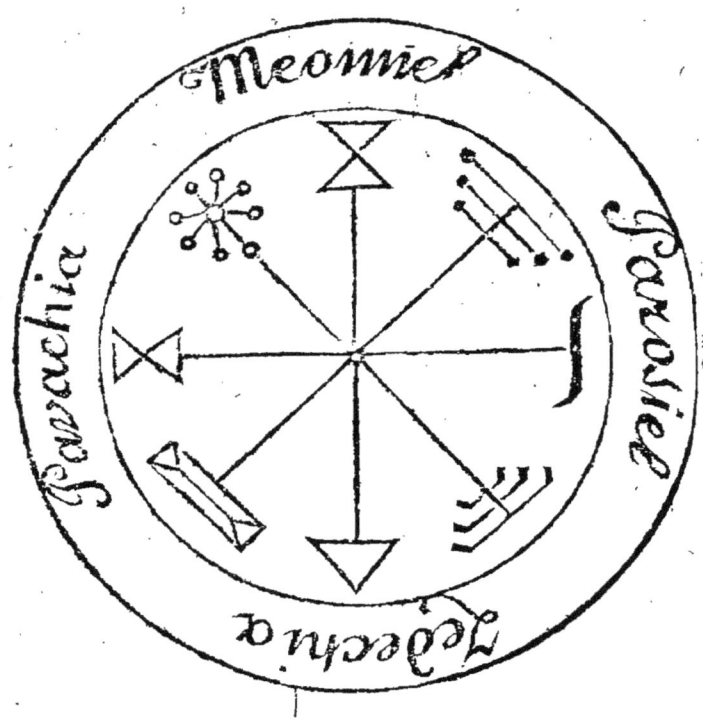

Ce Pantacle est pour connaître les esprits qui correspondent à sa nature, et principalement de ceux dont le nom est écrit dans ce Pantacle, entre lesquels est *Parosiel*, qui est le Seigneur des trésors, et enseigne de quelle manière ils se peuvent acquérir.

II.

II.ᵉ PANTACLE

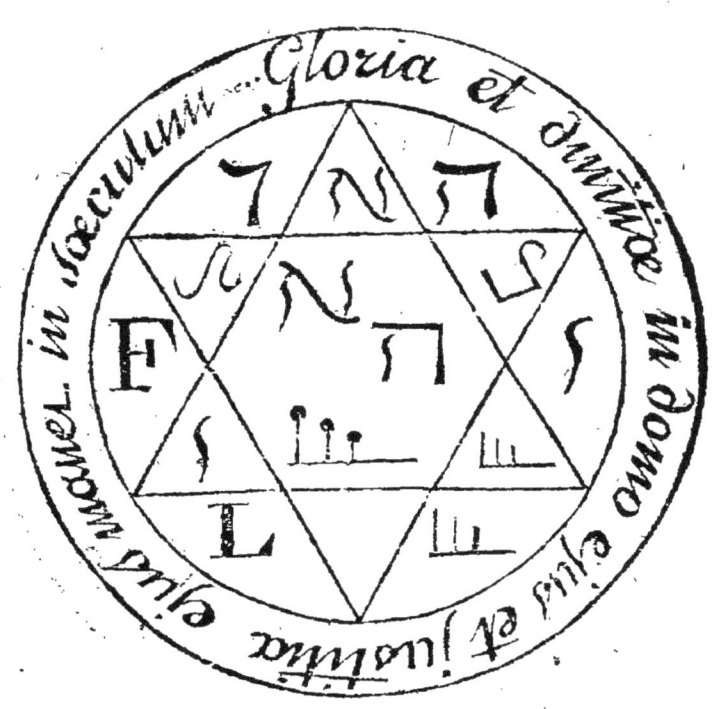

Ce Pantacle sert pour acquérir la gloire et la joie; il donne honneur, dignités et tous les biens; il vaut aussi pour trouver les trésors et chasser les esprits qui y sont. Il faut qu'il soit écrit sur du parchemin vierge avec la plume de l'Art et sang de pigeon, taupe ou hirondelle, à votre choix.

K

III.ᵉ PANTACLE.

Ce Pantacle protége tous ceux qui in-
voquent ♃ ; dans les cercles de toutes
les offenses des esprits de ☿, Jupiter ♃
est leur opposition ; et, en leur montrant ce Pantacle, ils obéiront d'abord.

IV.ᵉ PANTACLE.

Ce Pantacle est bon pour acquérir
honneur, gloire et plusieurs biens ; étant
imprimé ou gravé dans l'argent, aux
jour et heure de ♃ étant en 69. Il est
bon pour chasser les esprits gardiens des
trésors. Son Ange est toujours avec lui.

K 2

V.ᵉ PANTACLE.

Ce Pantacle est de grande vertu, parce
qu'il sert pour avoir certaines visions en
songe. C'est ce même Pantacle que portait *Jacob*, lorsqu'il vit les échelles qui
touchaient le Ciel et les Anges qui mon-
taient et descendaient.

VI.ᵉ PANTACLE.

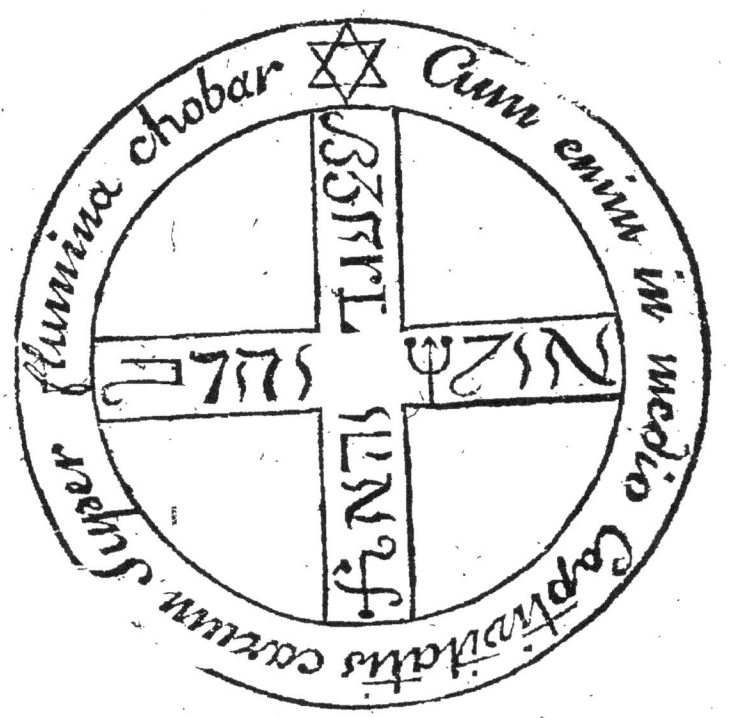

Ce Pantacle, dans lequel sont exprimés les Saints Noms du Messie est bon contre tous les périls du monde.

En récitant dévotement tous les jours le verset qui doit être dans le cercle de ce Pantacle, quand même l'enfer et tous les démons se déchaîneraient contre toi, par sa vertu, ils ne te pourront faire aucun mal.

K 3

VII.ᵉ PANTACLE.

Couleur bleu céleste, comme les six précédens,
sous le signe de ♃.

Ce Pantacle est admirable contre la
pauvreté, en le regardant tous les jours
avec dévotion, et disant le Pseaume
Laudate pueri Dominum, *etc*. Il est
aussi admirable pour trouver les trésors et en chasser les esprits qui en sont
gardiens, et pour être heureux au jeu.

Tu feras les six Pantacles
qui suivent, de couleur rouge, étant celle de ♂ , dans
les jour et heure de laquelle
Planette tu devras les faire.

PREMIER PANTACLE.

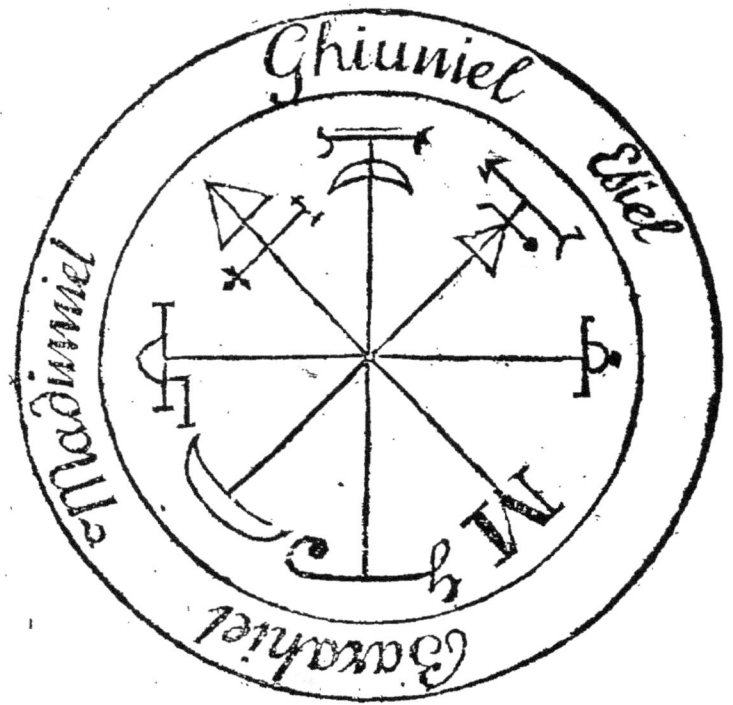

Ce Pantacle, ainsi que les cinq qui suivent, sont bons pour appeler les esprits qui sont sous l'étoile de Mars ♂, Les Noms des princes démons sont décrits dans le tour du Pantacle.

II.ᶜ PANTACLE.

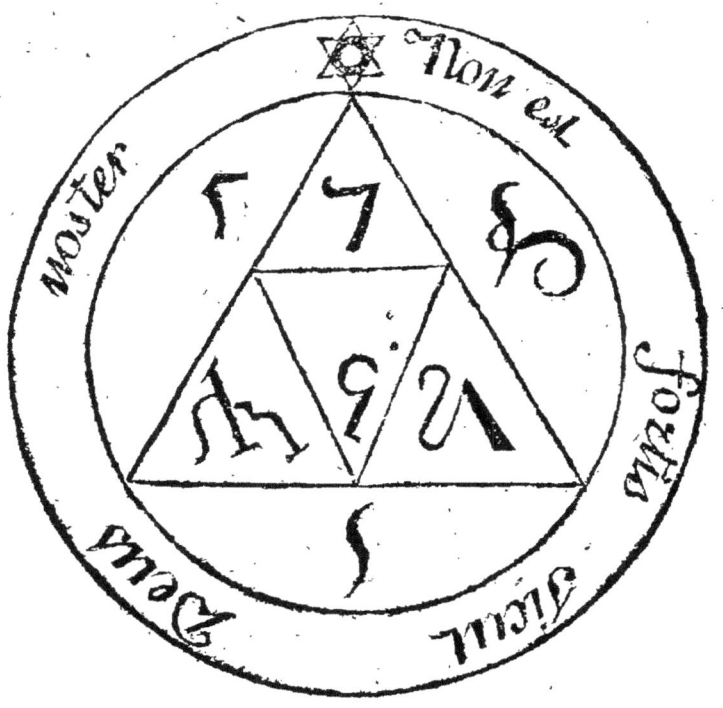

Ce Pantacle est pour semer la guerre, l'ire, les dissentions et les inimitiés, ainsi que pour intimider les esprits rébels ; en leur montrant ce Pantacle, ils ne peuvent manquer d'obéir, de même que pour faire parvenir à l'objet demandé.

III.ᵉ PANTACLE.

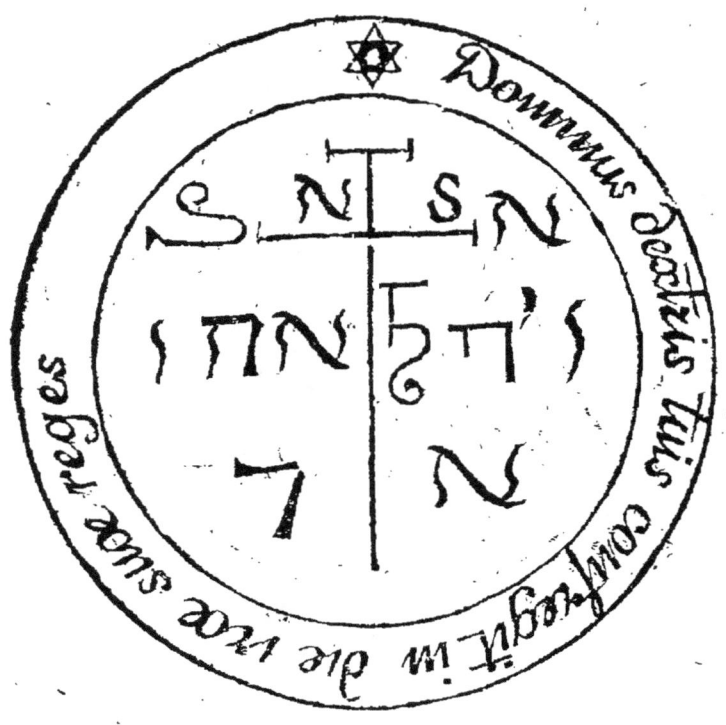

Ce Pantacle est très-efficace en guerre :
il donne la victoire.

C'est celui que *Moyse* portait sur lui
au passage de la mer rouge, dans laquelle
Pharaon et toute son armée furent sub
mergés.

IV.ᵉ PANTACLE.

Ce Pantacle est bien terrible contre les démons, parce qu'ils ne peuvent pas ré ister à sa puissance : ils obéissent à cet effet immédiatement à celui qui les appelle.

V.ᵉ PANTACLE.

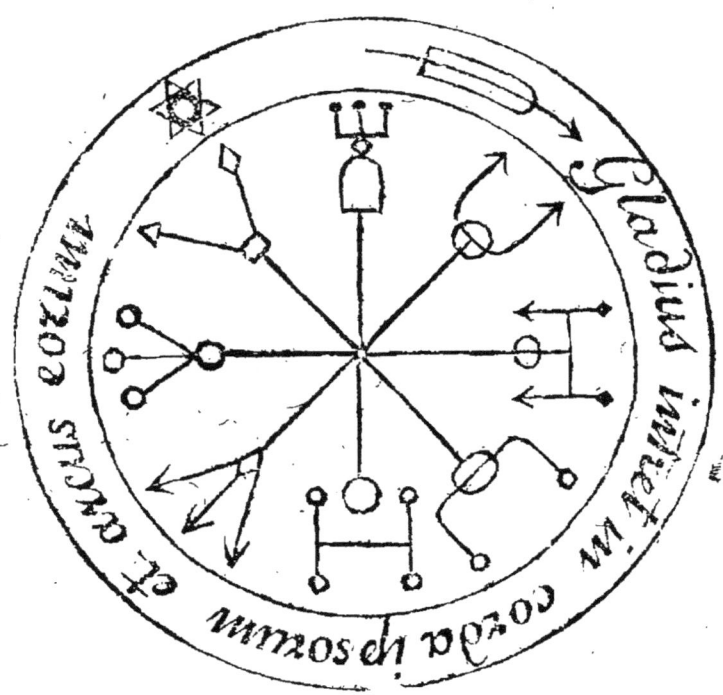

Ce Pantacle-ci est d'une si grande efficacité, que, l'ayant sur toi, non-seulement personne ne te peut offenser, mais
les coups d'armes à feu, iront contre
ceux qui les dirigeraient; lorsque tu
seras à la guerre, il te sera utile, et fera
tourner contre tes ennemis, les coups
qui seraient par eux, dirigés contre toi.

V.ᵉ

VI.e PANTACLE.

Il est d'une très - grande vertu pour faire apparaître les tempêtes, lorsqu'il est décrit dans les jours et heures de ♃ et de ♂, sur du parchemin-vierge, avec le sang de taupe ou de chauve-souris.

Etant découvert avec l'invocation des esprits de ♂, tu verras tomber une grande quantité de grésil et de grêle.

L

La Couleur jaune , étant celle du Soleil , il est nécessaire que les sept Pantacles qui vont faire suite , soient faits en or, étant la couleur adoptive de la Planette, (le ☀), dans les jour et heure de laquelle , devront être faits lesdits Pantacles.

PREMIER PANTACLE.

Celui-ci est la face de Dieu, auquel toutes les créatures obéissent, les esprits tremblent, et devant laquelle face, les Anges s'inclinent.

Quel genre d'esprits que ce soit, qui seront rébels et qui ne voudront pas t'obéir, montre-leur cette face, et sur le champ ils t'obéiront, tu obtiendras d'eux tout ce que tu voudras.

L 2

II.ᵉ PANTACLE.

Ce Pantacle est fort bon pour faire répondre les esprits solaires, qui sont d'une nature vaine et fastueuse, d'un courage élevé : très-difficilement ils se montrent ; avec ces Pantacles, ils seront obligés de t'obéir et de faire ce que tu voudras. Il faut, avant de les faire venir, être prêt à leur demander ce que tu exiges d'eux ; tu n'auras pas plutôt demandé, que tu seras obéi.

III.ᵉ PANTACLE.

Ce Pantacle est bon aux Rois et aux grands seigneurs, pour acquérir et conquérir des Royaumes et dominations sur les autres. C'est celui que portait Alexandre-le-Grand, sur son estomach, il faut qu'il soit fait de fer et d'or, gravé aux jour heure et du soleil ☉.

L 3

IV.ᵉ PANTACLE.

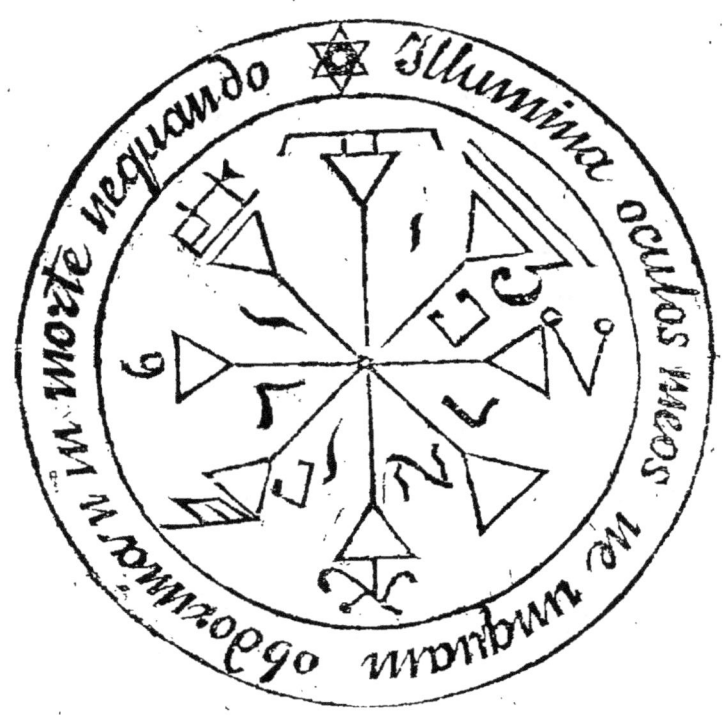

Ce Pantacle est bon pour voir les esprits, lorsqu'ils se rendent invisibles,
ainsi que pour les forcer à prendre un
corps pour paraître devant toi, et pour
leur faire faire tout ce que tu voudras,
soit pour te servir comme un valet, à
panser ton cheval ou faire tes commis-
sions. Il faut lui donner tous les jours un
cheveu de ta tête et le prendre pour dix,
vingt ou trente ans, mais pas plus de
trente; car, au bout du tems, il prend
son salaire.

Ve PANTACLE.

Ce Pantacle est merveilleusement bon pour appeler les esprits, pour se faire transporter d'un Royaume à un autre, et où bon te semblera, en très-peu de tems ; c'est celui duquel se servit le docte Scot, pour venir d'Allemagne à Paris, en une nuit, pour soutenir et défendre la thèse contre un Jacobin, en faveur de l'Immaculée Conception de la Sainte Vierge. Il fut, avant de monter au Palais, faire sa prière devant l'image de la Sainte Vierge, à la chapelle basse, laquelle baissa la tête comme on la voit aujourd'hui.

VI.ᵉ PANTACLE.

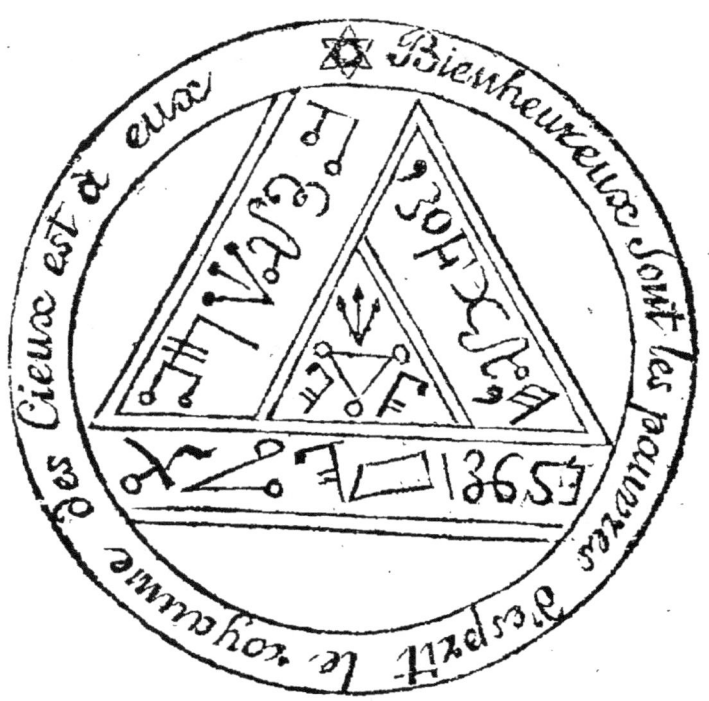

Ce Pantacle est grandement bon pour l'invisibilité, et est merveilleux pour délivrer celui qui est en prison et dans les fers et chaînes, à l'aspect de ce Pantacle qui doit être formé d'or dans les jour et heure du soleil ☀.

VII.ᵉ PANTACLE.

Ce Pantacle a la même vertu que le précédent, car si quelqu'un était détenu dans les prisons, ayant les fers aux pieds et aux mains ; apportant ce Pantacle fait dans les jour et heure du Soleil ☉ et sur une plaque d'or, sur-le-champ ses fers se briseront en cent pièces.

Pour ces cinq Pantacles dominés par la Planette de Vénus, il faut faire grande attention, quant aux jour et heure de ladite Planette de ♀, ainsi que pour la couleur avec laquelle tu les dois faire : cette couleur est verte, tel qu'elle a été désignée ci-dessus page 95.

PREMIER PANTACLE.

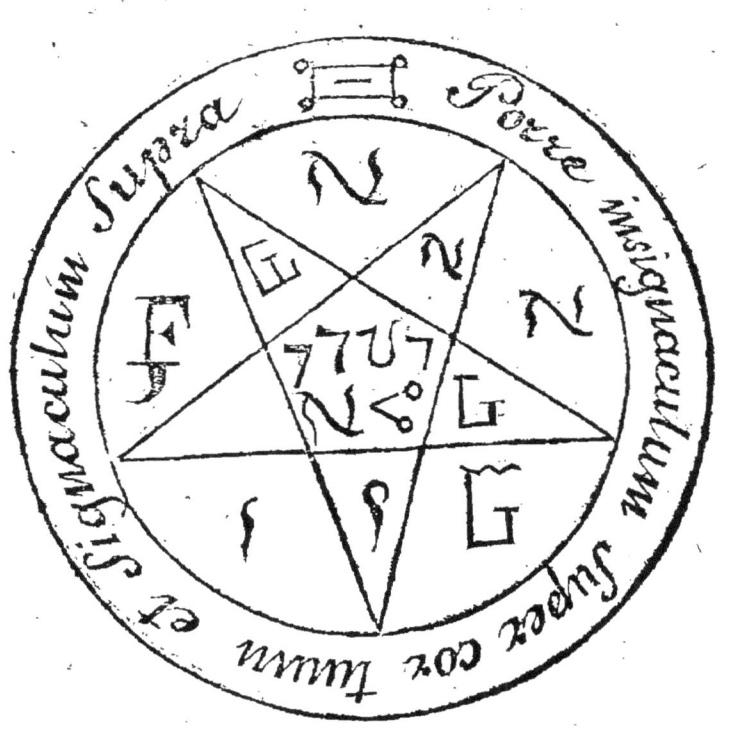

Ce Pantacle est bon pour forcer les esprits de Vénus ♀, et principalement de ceux qui sont et qui se voient écrits dans ce Pantacle.

IIe PANTACLE.

Ce Pantacle est de la même nature que celui ci-devant, les quatre esprits de l'espèce de Vénus ♀, sont écrits autour du Pantacle. Celui qui saura bien s'en servir, toutes affaires d'amour lui réussiront, étant fait aux jour et heure de Vénus ♀, de son métal qui est le cuivre purifié, vierge, exorcisé et aspergé selon l'art et coutume, comme il a été dit ci-dessus.

Il faut le porter attaché au col, avec un ruban vert, qui est la couleur de Vénus ♀, on doit le laisser toucher au cœur.

III.ᵉ PANTACLE.

Ce Pantacle est d'une grande vertu pour faire forcer les esprits de Vénus, à contraindre telle femme que tu desires, à t'aimer; si elle se trouvait retenue, de manière qu'elle ne put pas venir te voir, si son grand amour ne la faisait pas mourir, elle te serait rendue. Si c'était l'intérêt et l'amour ensemble, qui te guidassent, tu ne réussirais pas. Les Pantacle et caractères seront de trois métaux, savoir : or, argent et cuivre; le tout fait aux jour et heure de Vénus, tu le béniras et exorciseras comme ci-contre, le portant jour et nuit sur ton cœur.

M

IV.ᵉ PANTACLE.

Ce Pantacle est merveilleux et bon
pour allumer l'amour, en le montrant
seulement à la personne que vous voulez qui vous aime, son Ange est *Sabeyol,*
lequel il faut invoquer dans les jour et
heure de ♃, première et huitième. Il
est aussi pour le jeu.

Ve PANTACLE.

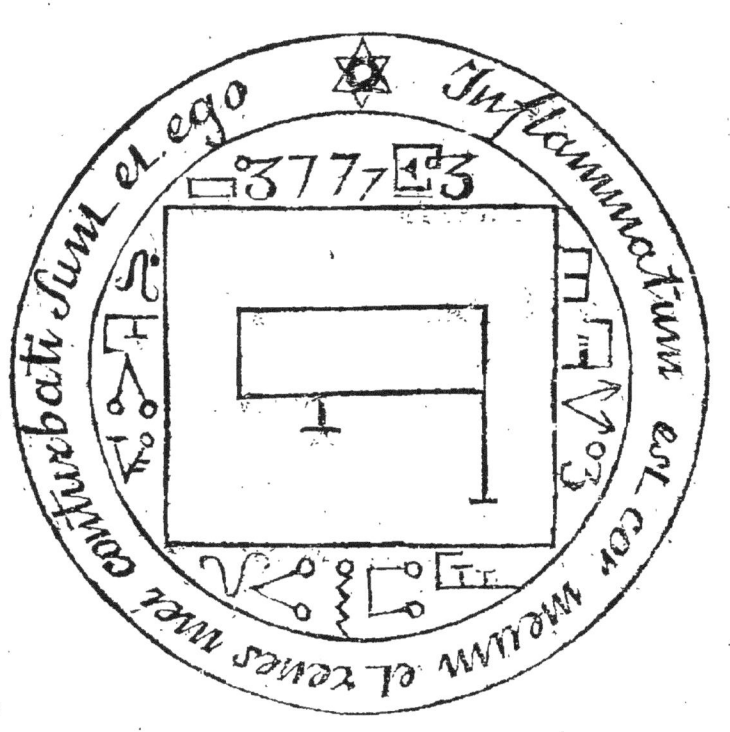

Ce Pantacle est bon pour l'amour, étant directement consacré et parfait, si bien que celui ou celle à qui tu le montres, sera enflammé grandement de feu et de désir.

M 2

Mercure ☿, étant la Pla-
nette qui domine sur le sujet
pour lequel les cinq Pantacles qui suivent, vont être
formés, il est nécessaire de
les faire des couleurs rouge
et verte, aux jour et heure
désignés au chapitre II, etc.

PREMIER PANTACLE.

CePantacle est très-bon pour faire paraître les esprits qui sont au firmament; ils obéissent avec grande facilité, ils te donneront ce que tu leur demanderas, pourvu que tu ne manques pas à former ces Pantacles, sous le signe de Mercure ☿.

M 3

II.ᵉ PANTACLE.

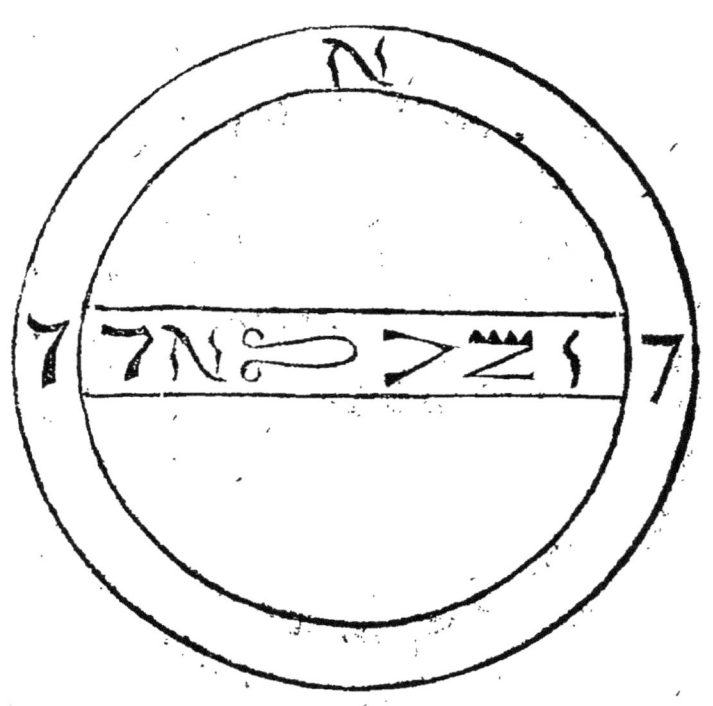

Il est pour faire donner des mêmes esprits les choses qui paraissent extravagantes et qui ne sont point tenues sous quelque genre certain, et ces esprits donnent facilement réponse, mais il y a difficulté de les voir.

III.ᵉ PANTACLE.

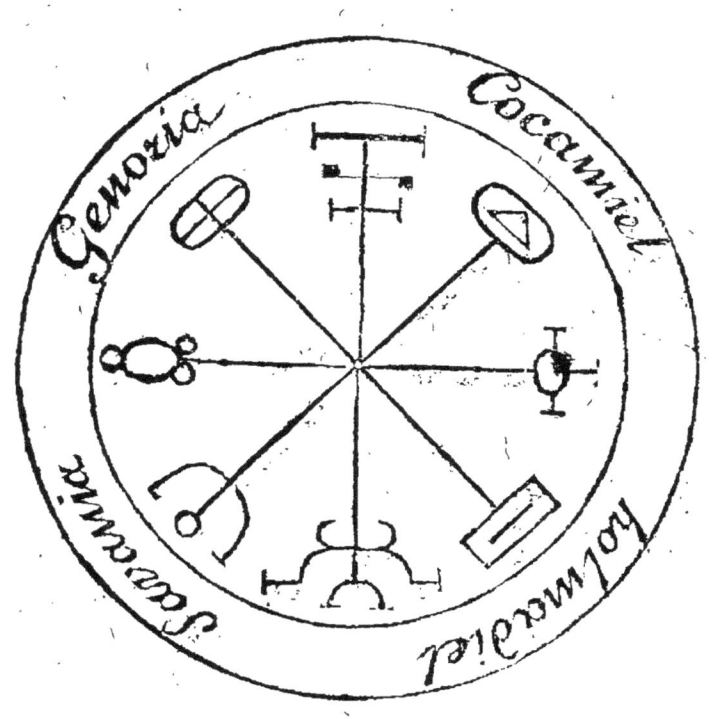

Ce Pantacle, avec le précédent, vaut
pour appeler les esprits de Vénus ♀, et
principalement tous ceux qui sont écrits
dans ce Pantacle.

IV.ᵉ PANTACLE.

Ce Pantacle sert pour acquérir la science et l'intelligence de toutes choses créées de Dieu, tant terrestres que célestes, pour savoir les secrets et pour envoyer les esprits ombreux en quelque partie du monde que tu souhaites.

V.ᵉ PANTACLE

Ce Pantacle a la vertu de donner empire et commandement sur les esprits
de Mercure ☿ ; tu peux t'en servir pour
ouvrir les portes, quelles que fermées
qu'elles soient, car il n'y a rien qui lui
puisse résister : il rend heureux.

L'OR, pour l'Art magique, ayant beaucoup de vertu, on a cru inviter l'Opérateur, pour plus grande certitude de son opération, de faire les six Pantacles ci - après, en or, quoique n'étant pas la couleur de leur Planette.

Tu devras les faire le lundi, jour qui est dominé par la ☽, ainsi qu'aux heures déterminées au chapitre II.ᵉ du premier Livre.

PREMIER PANTACLE.

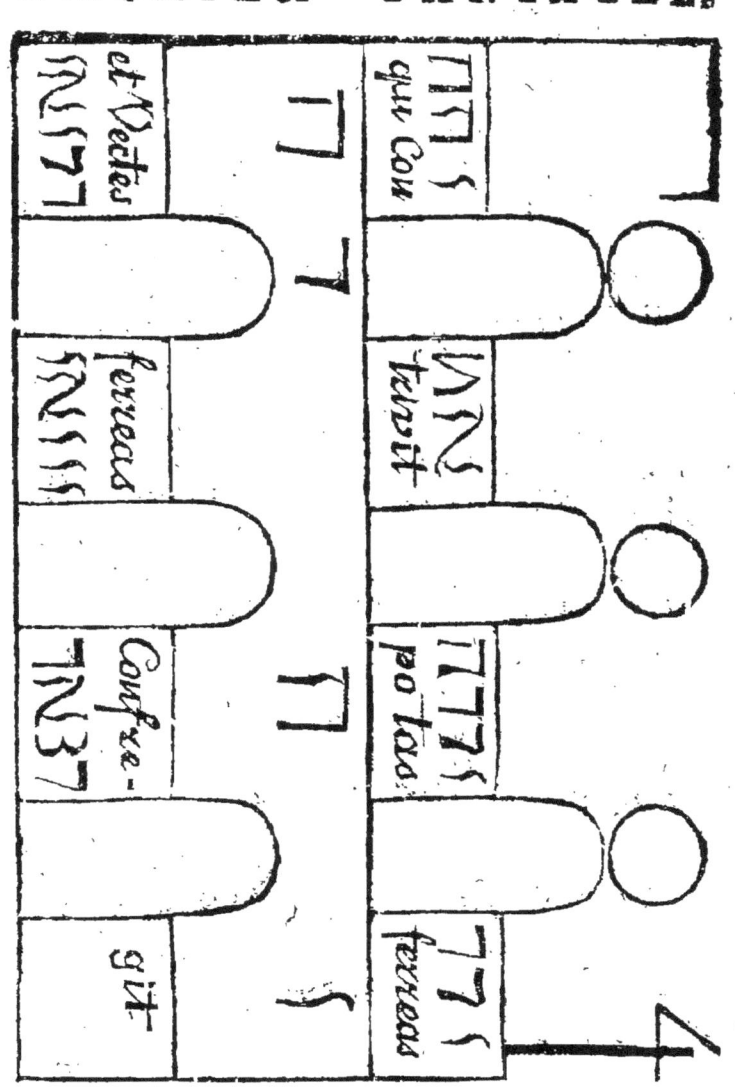

Ce Pantacle vaut pour appeler les esprits lunaires, lesquels noms se trouvent dans la partie inférieure de ce Pantacle. Il sert aussi pour ous vrir quelque porte que ce soit.

II.ᵉ PANTACLE.

Ce Pantacle est bon contre tous les périls d'eau ; et, s'il est nécessaire de faire venir la pluie, elle viendra en très-grande abondance ; quand tu voudras la faire cesser et t'opposer aux mauvais desseins des esprits lunaires, ce Panta-cle suffira.

III.ᵉ

IIIᵉ PANTACLE.

Ce Pantacle est admirable pour ceux qui voyagent, étant directement consacré et porté sur son estomac.

Il est admirable aussi contre tous les périls d'eau et contre toute évasion nocturne.

IV.ᵉ PANTACLE.

Ce Pantacle sert contre tous les en-
chantemens, desseins des persécuteurs
et ennemis, de tout damn de corps et
d'ame : son Ange est *Sophiel*, qui donne
la vertu de connaître les herbes et leurs
propriétés, ainsi que celles de toutes les
pierres et vertus des paroles ; on peut,
avec ce Pantacle, connaître parfaitement toutes les langues que l'on desire
apprendre.

V.ᵉ PANTACLE

Ce Pantacle est un de ceux que l'on doit avoir grand soin, attendu, qu'indépendamment des vertus du précédent, il a encore celle de faire acquérir ce que l'on appelle la science de l'Art magique.

VI.ᵉ PANTACLE.

Ce Pantacle est pour avoir réponse en songe ; son esprit se nomme *Jacadiel*. Il sert à la destruction et ruine des ennemis, vaut contre les fantômes nocturnes et pour appeler l'ame des défunts.

FIN DES PANTACLES.

CHAPITRE IIIe

Ce que doit faire et dire l'Exorciseur.

APRÈS avoir amplement démontré tout ce qui se peut faire avec les *Pantacles de Salomon*, il est d'une très-grande nécessité de vous dire comme le Prêtre Exorciseur doit être vêtu.

S'il veut réussir, lorsqu'il voudra travailler, il faut, toutes choses étant préparées, que l'on s'abstienne de tout travail du corps et de l'ame, de trop manger et boire, de toute luxure et de tout vice, mais il faut penser aux choses qui doivent être faites, avec une cons-

N 3

cience pure et nette, ce qui se doit pratiquer neuf jours entiers avant que de commencer l'ouvrage, il faut aussi que les assistans en fassent de même, afin qu'en toute sûreté l'ouvrage s'accomplisse.

L'Exorciseur et les assistans devront commencer par cette Oraison, la dire deux fois la nuit et une fois le jour :

ORAISON.

« Seigneur Dieu Tout-Puissant, soyez nous propice, quoique n'étant pas dignes de lever nos yeux au Ciel à cause de la multitude de nos offenses et de nos iniquités. Dieu tout miséricordieux, qui ne veut pas la mort du pécheur, mais sa conversion très-vive, faites-nous la grace, Seigneur, Dieu, plein de miséricorde, de nous aider dans cet ouvrage que nous allons faire, afin que votre

Nom soit béni à jamais dans tous les siècles des siècles , amen. »

Les derniers jours du jeûne , devront
être strictes, c'est-à-dire, au pain et à
l'eau, s'abstenir aussi de tout péché et
dire l'oraison ci-dessus. Ensuite il faudra se retirer dans un lieu secret, pour
y faire en particulier une confession la
plus générale possible, en suppliant les
Anges, devant lesquels cette confession
est faite, d'être témoins de la victoire
remportée sur l'ennemi du Genre humain, et de regarder cette confession
comme pure et sincère, faite avec un
cœur bien repentant , afin que cet ennemi ne puisse s'en glorifier contre nous,
mais qu'elle soit une joie dans le Ciel ;
cette confession étant faite, il faut en
demander pardon à Dieu, et dire ce qui
suit :

ORAISON.

Père Très - Puissant , par ton infinie clémence, concèdes-nous la grace que nous puissions voir et parfaire cet ouvrage, sans que les malins esprits nous puissent faire tort, tant au corps qu'à l'ame , amen.

Cette Oraison étant terminée, il faut prendre l'eau exorcisée, et, en aspergeant les assistans , dites : « Purifiez-nous, Seigneur, d'hysope , et nous serons mondés , lavez - nous et nous serons plus blancs que la neige. »

Ayant fini , l'Exorciseur devra se laver la tête, et ira dans le lieu ordonné ; ayant toutes ses affaires préparées, il fera de suite le cerne pour commencer l'Exorcisme ; mais avant que de commencer celui des esprits, il faut bien recommander aux assistans, la hardiesse et la foi, car sans cela il pourrait arriver du mal par le moyen de l'esprit, et souvent la mort.

Les assistans étant parfaitement instruits et munis de hardiesse, ils entreront tous dans le lieu secret purifié et beau, ils feront la prière qui suit, en la répétant après l'Exorciseur :

Prière de l'Exorciseur sur les assistans.

Soyez mondés et renouvellés au nom du Dieu Eternel et Très-Grand, de tous vos péchés, et que la vertu du Très-Haut et Très - Puissant, descende sur nous et y reste toujours, afin que vous et moi, puissions accomplir et parfaire ce grand ouvrage, ainsi que pour contraindre les esprits gardiens et possesseurs des trésors abandonnés tant en terre qu'en mer, de nous en rendre les maîtres et paisibles possesseurs, sans qu'il nous puisse être fait aucun tort, tant au corps qu'à l'ame, ni sans effrayer aucun de nous, amen. »

Ayant fini, le prêtre tenant les quarante-cinq Pantacles, les consacre, comme il est expliqué aux chapitres précédens et les préparera selon l'art, et suivant ce qu'il en voudra faire, ensuite il les distribuera aux deux assistans, à la réserve de celui où est marqué la Face du Seigneur, que le prêtre exorciseur devra garder sur lui avec le grand Pantacle général, placé à la page 99, à cause de son grand caractère : les susdits Pantacles doivent être mis dans de petits sacs de soie, il n'importe de telle couleur qu'elle soit, il faudra y mêler les odeurs odoriférantes, et le prêtre ainsi que les assistans devront se les attacher au col, de sorte qu'ils posent sur le cœur. Munis de tout ce qui vient d'être recommandé, pleinement convaincus de la grandeur, de la sainteté et de l'importance de tout ceci, le prêtre exorciseur et les assistans pourront entrer en toute sûreté partout, n'ayant à redouter aucuns périls, dans tels lieux où se trouvent cachés les trésors.

Les assistans doivent être, sur tout, très-obéissans à l'Exorciseur, parce que tout roule sur lui, et sans lui, on ne peut rien faire, par le pouvoir qu'il a à cause de son caractère de Prêtre, sans lequel il ne peut commander aux esprits de leur abandonner les trésors ainsi que les choses précieuses, cachés en quelque lieu que ce puisse être.

CHAPITRE IVe

Remarque importante du bain.

LE Bain est très-nécessaire à l'Art ma
gique, de sorte que si tu veux faire quelqu'expérience, il faut, ayant préparé
tout ce qui sera nécessaire dans les jours
et heures, le dernier jour du jeûne,
prendre de l'eau, la faire chauffer et
s'en laver tout le corps, disant les pseaumes : *Dominus illuminatio mea, etc.,*
Dixit insipiens in corde suo, etc.

CHAPITRE V.e

Exorcis de l'Eau.

Je t'exorcise, créature Eau, par celui qui t'a créée assemblée dans un lieu, afin que la terre apparut aride, que, sans tarder, tu chasses toutes les tromperies de l'ennemi et de l'immondité des esprits, pour qu'ils ne me puissent nuire, par la vertu de Dieu Tout-Puissant, qui vit et règne par tous les siècles des siècles, amen.

Cela fait, l'exorciseur se vêtira tel qu'il va être dit ci-après, récitera les pseaumes *Domine exaudi orationem meam*, etc., *Miserere meï*, etc., *Confitebor tibi Domine in toto corde meo, in consilio justorum et congregatione*, etc.

O

CHAPITRE VI.e

Vêtemens de l'Exorciseur.

Les vêtemens doivent être de toile de lin , même jusqu'à la chemise ; lorsqu'il la passera, il dira ces paroles : « Anton , Amator, Emites, Theodoniel, Poncor, Pagor, Anitor, par le mérite de ces très-saints Noms d'Anges, je me vêtis , Seigneur, de mes habits de Sabat, afin que, moyennant iceux, je puisse conduire à leur fin, toutes les choses que j'ai désiré produire par Toi, ô très-Saint Adonay, le Royaume duquel et Empire règne dans tous les siècles des siècles, amen.

Nota. Il faut que le vêtement de dessus soit fait comme celui des Lévites ;

sur ce vêtement, on écrira avec de la soie rouge, les caractères suivans, sur l'estomac, savoir :

Il faut que les souliers et le bonnet soient de peau blanche, sur lesquels il faut écrire les mêmes caractères ci-dessus, avec du cinnabre délayé dans l'eau de gomme avec la plume d'oie désignée dans le chapitre XVI du premier Livre. Sur le bonnet, il faut aussi écrire au-devant les quatre noms suivans, savoir: *Jeova* au-derrière, *Adonay* à la droite, *Eloy* à la gauche, *Gibor* au-devant.

CONCLUSION.

LE Prêtre Exorciseur étant vêtu et préparé, ainsi qu'il vient d'être dit dans les chapitres précédens, fera les conjurations suivant les intentions avec hardiesse et foi, et sans rien omettre, tant des conjurations que des cernes et Pantacles, vous assurant bien que, pratiquant ce que dessus exactement, vous posséderez non-seulement les trésors les plus cachés, mais même contraindrez les esprits gardiens de vous les apporter du plus profond de la mer, parce que ce Livre est la Science des Sciences, pour tout ce qu'il y a de plus rare dans les Sciences occultes et magiques, étant bien enjoint de ne point faire tomber ce Livre entre les mains des impies : c'est ce que recommande *Salomon*. C'est la conjuration qui vous en est faite au nom du Très-Saint et Inexprimable Nom A D O N A Y; il est de plus recommandé de tenir cet Ouvrage caché comme un trésor très précieux, tant pour la garde de l'ame que pour toutes les choses utiles à la vie, en en usant bien. Si, au contraire, vous les profanez et en usez mal, il sera dangereux et d'un très-grand dommage, tant au corps qu'à l'ame.

TABLE DES CHAPITRES.

LIVRE SECOND.

(164)

Fin de la Table.

www.ingramcontent.com/pod-product-compliance
Lightning Source LLC
Chambersburg PA
CBHW061328050726
47504CB00013B/1485